コンクールシェフ！

五十嵐貴久

講談社

Contents

コンクールシェフ!

＊

アルミパンに手をかざしたのは、鼻が異変に気づいたからだ。

（オリーブオイルの加熱が足りない）

正面の大型モニターに目をやると、右下に4:59と表示があった。残り時間は五分を切っている。

白ワインとマニゲットのソースを作るため、ニンニクとエシャロットを炒めていた。最終的に味を決めるのはソースで、慎重な準備、そして完璧なタイミングが必要だ。

香りが立っていないのは十分に熱が行き渡っていないためで、頭より先に鼻の方が反応した。アルミパンの上の空気に触れれば、温度はわかる。

（ミスだ）

一瞬、頭が真っ白になり、自分が何をしているのか、わからなくなった。調理には流れがあり、一度手が止まると頭の回転も止まる。

「薫（かおる）！」

アシスタントの野中直子（のなかなおこ）の声に、浅倉（あさくら）薫は顔を上げた。

客席に三百人の観客がいる。四台のカメラが自分の動きを追っている。

天井のライトが眩（まぶ）しい。五人の審査員が瞬（まばた）きもせずに見つめている。

薫は目をつぶった。プレッシャーに押し潰（つぶ）されてはならない。数秒でいい。冷静になれ。

調理は最終工程に入っている。炊き上がったポレンタ、雉鳩（きじばと）の胸肉のソテー、その内臓を使ったラグー、カルチョーフィーの素揚げ、黒トリュフ、後は仕上げと盛り付けを残すだけだ。

だが、ソースがなければ料理は完成しない。目を開けると、4:45という数字が見えた。

今からオリーブオイルを再加熱しても間に合うだろうか。強引に火力を上げても焦げつくだけだ。

不快な香りは料理の味を落とす。審査員たちがそれに気づかないはずがない。

振り向くと、直子と目が合った。諦めない、と薫は小さくうなずいた。

どんなに追いこまれても、ベストを尽くす。味をごまかさない。それが料理人のプライドだ。

ＩＨクッキングヒーターの火力を一段上げた。残り時間は四分三十秒になっていた。

＊

〈『決勝進出者、決定！』

二〇二二年十一月三日に開催される第十回〝ヤング・ブラッド・グランプリ（略称・YBG）〟の決勝進出者（チャレンジャー）がYBG委員会の最終審査により、以下のように決定しました。

1、**川縁令奈**（かわぶちれな）（フレンチ）
2、**邸浩然**（ていこうぜん）（中華）
3、**里中海**（さとなかかい）（ポルトガル料理）
4、**和田拓実**（わだたくみ）（フレンチ）
5、**山科一人**（やましなひとり）（和食）
6、**浅倉薫**（あさくらかおる）（イタリアン）

＊プロフィールは次ページ参照。

なお、本大会のテーマは〝十年ぶりに会う友人との夕食、そのひと皿〟です。
十一月二日の開会式に続き、翌三日の決勝大会でこの六人が東京お台場（だいば）・ダイバーフォート内に設けられたキッチン・コロッセオで戦いを繰り広げます。栄冠は誰の手に？

〈二〇二二年十月一日「ヤング・ブラッド・グランプリ」ＨＰ〉

Competition

1

ヤング・ブラッド・グランプリ

1

目を閉じたまま、浅倉薫は試作した三品の料理を思い浮かべた。一年前に発表されたテーマに沿って考え、試行錯誤を繰り返し、レシピを完成させたが、店の厨房とは違うキッチン・コロッセオでどこまで再現できるだろうか。

十分後に開会式が始まる、と野中直子の声がした。目を開けると、壁の時計が十二時五十分を指していた。

モニターにはピラミッドを模した高さ三メートルほどのオブジェとキッチン・コロッセオが映っている。ライトに照らされたオブジェが、黄金の光を放っていた。

顔が青いよ、と直子が苦笑した。指が細かく震えているのはプレッシャーのためだ。

テレビって、とため息をついた薫に、今さら何よ、と直子が手を伸ばして肩を軽くつついた。

「YBGの決勝大会は、毎回BSテレビJが放送する。それは最初からわかってたでしょ」

そうだけど、と薫は直子を見つめた。宮城県石巻市にある、県立浜崎高校家政科の同級生だ。

自他共に認める親友だが、外見から性格まで何もかもが正反対だった。クラスメイトたちから、軽トラとポルシェとからかわれていたが、それも仕方ないだろう。

百七十センチ近い長身、端正なルックスの持ち主である直子に対し、薫は自称百五十五センチ、実際には百五十二センチしかない。童顔で、二十六歳になった今も高校生と間違えられることがある。

成績にいたっては、高校三年間首席を通した優等生の直子と、下から数えた方が早かった薫では、比べることすらできなかった。

もし小学校の入学式で隣の席に座っていなかったら、と今でも思うことがある。直子が声をかけてきたのが二人の始まりだったが、あの時何も言えなかったら、友達になっていただろうか。

中二の夏、その問いをぶつけてみたことがあった。なってたよ、と直子が答え、それで話は終わった。

選んだのでも選ばれたのでもない。最初から決まっていたのだろう。

何もかもが違うからこそ、二人でいることが楽しい。誰よりも親しく、気の合う友人。そういう関係だ。

ナオと違って、人前に立つのが苦手なの、と薫は言った。

「YBGのことは前から知ってたけど、コンクールに出るほどの技術はないって思ってた。だけど、テーマを見て、エントリーするって決めた」

テーマが発表されたのは一年前の十一月だ。十年ぶりに会う友人との夕食、という一文を読んで、記憶が蘇った。

二〇一一年、大地震が東北地方を襲った。東日本大震災だ。

同じ中学のクラスメイトは山に避難し、二日後に救出されたものの、小学校の同級生で亡(な)くなった者は十人以上いた。彼ら、彼女らともう会うことはできない。

鎮魂というと、少しニュアンスが違う。もう一度会いたい、その想いを抑え切れないまま、気づくとYBG事務局にエントリーシートを送っていた。

「だけど、決勝まで残るなんて思ってなかった。運が良かったのかもしれないけど、テレビなんて最悪。こんなつもりじゃなかった」

額の汗を拭(ぬぐ)った薫に、もう遅いと直子が突き放すように言った。少年のような話し方は、直子の癖だ。

「決勝まで勝ち残ったのは、それだけの実力があるってこと。開会式は紹介だけで、スピーチが求められるわけじゃない。アシスタントにはあたしが付く。何か不満があるの？」

そうじゃなくて、と薫はコックコートの一番上のボタンを外した。

「あたしは今までコンクールに出たこともない。ＹＢＧは料理人なら誰でも知ってる、日本最大のコンクールよ？　テレビカメラに撮られると思うとそれだけで緊張する。誰だってそうじゃない？」

意外と知られていないが、和洋中その他あらゆる料理のジャンルで、毎年数多くのコンクールが開催されている。有名なのはフレンチのエスコフィエ・フランス料理コンクールだろう。

ただし、ほとんどは経験を積んだ料理人が対象で、若手料理人の発掘と育成を旗印にしているＹＢＧとはまったく違う。エントリー資格は料理人歴十年未満というだけで、他に条件はない。

高校を卒業後、薫は石巻市内のファミリーレストランを振り出しに、二店のトラットリアを経て、四年前から仙台にあるイタリアンの名店『イル・ガイン』で働いていた。トータル七年だから、エントリー資格は満たしている。

今の店でのポジションはロスティチェーレ、直火焼き担当で、オーナーシェフの滝沢修次以下十人いるスタッフの中では五番目だ。同世代の料理人より昇進は遅く、決勝に進出できるとは夢にも思っていなかった。上がり性だから、緊張しない方がおかしい。

ＹＢＧでは、一名のアシスタントの出場が許されている。東京の女子栄養大学に進み、名門帝都ホテルのレストラン調理部で働いた後、東京の荻窪で少人数の料理教室を開いていた直子にアシスタントを頼むと、二つ返事で了解が出た。

一年前の書類審査、一次審査、二次審査、最終審査を通過し、決勝進出の通知が届いたのは九月下旬だった。メールでのやりとりや、時には仙台、東京を往き来して、テーマに沿った料理を模索し続けた。

三つまで絞り込んだが、ＹＢＧ委員会が用意する食材や、他のチャレンジャーの料理との兼ね合いもあるので、最終決定には至っていない。それは他のチャレンジャーも同じだろう。

あと五分、と直子が言った時、失礼しますという声と共にドアが開いた。入ってきたのは二十代半ばの長髪の男で、ＢＳテレビＪのＡＤだった。

「すいません、全チャレンジャー控室の第二会議室へ移ってください。一時に収録が始まりますが、もろもろ準備が整いましたら、キッチン・コロッセオへの入場をお願いします」

「わかりました」と直子がうなずくと、軽く頭を下げたＡＤが出て行った。

薫は胸を押さえた。これ以上ないほど、心臓が大きく鳴っていた。

2

持ち込んでいたパネルミラーで、和田拓実は服装をチェックした。純白のコックコートと黒のストレッチパンツ。コックコートの襟(えり)を直し、ソファに腰を落ち着けた。

「見た目も重要だからね」

照れ笑いを浮かべると、長机の前に座っていた小柄な男がうなずいた。拓実が料理長を務める丸(まる)の内(うち)の五つ星ホテル〝クレオール・ジャパン〟のフレンチレストラン『ヴィアン・ココット』のシェフ・ド・パルティ、ソテー部門責任者の黒沢(くろさわ)だ。

負ける要素はない、と拓実は長い足を組んだ。

「十パターン以上のレシピを、この大会のために新しく作った。準備は万端だよ」

三年前から〝クレオール・ジャパン〟内の十一のレストランを統括している総料理長、アラン・モンティにＹＢＧへの出場を勧められていたが、断り続けたのは絶対の勝算がなかったからだ。

長い準備期間を経て、第十回大会にエントリーした。自分ほど徹底的に過去のＹＢＧを分析した者はいない、という自信が拓実にはあった。

決勝大会に進出したのは、幸運やまぐれではない。優勝するのは自分しかいない、と確信していた。

「とはいえ、油断は禁物だ」

拓実は大きく肩をすくめた。祖父がイギリス人でクォーターのためか、オーバーアクションになる癖があった。

「他のチャレンジャーだって、この大会に懸けている。実力がなければ、決勝大会まで勝ち残れるはずもない。全員が強敵だ……でも、真の敵は別にいる」

誰ですと尋ねた黒沢に、自分だよ、と拓実は微笑んだ。

「今日は開会式の収録だけだから、特に緊張はしていない。でも、明日キッチン・コロッセオに立てば、プレッシャーがのしかかってくるだろう。テレビの生中継が入り、会場には三百人の観客もいる。店で料理を作るのとは訳が違う。アクシデントが起こった時、どう対処するか……真の敵はここにいる」

シェフなら大丈夫です、と黒沢がうなずいた。拓実は足を組み直した。

「たったひとつの小さなミスが、料理の完成度を左右しかねない……いや、こんなことを言ったら、かえってプレッシャーになるな」

指示通りに動きます、と黒沢が無表情のまま言った。戦略は組み立て済みだ、と拓実は自分のこめかみをつついた。

「どういう状況でも、フレキシブルに対応できる。まずいのは、焦ってミスを取り返そうとすることだ。とにかく自分自身との戦いだな」

ノックの音がした。腕時計に目をやると、十二時五十分になっていた。

3

足の震えが止まらない、と薫は囁いた。

「どうしよう？」

自分で何とかして、と横を歩いていた直子が言った。

「あたしはアシスタントに過ぎない。決勝で戦うのは薫。開会式でそれじゃ、勝てるものも勝てなくなる」

わかってる、と薫はうなずいた。いつも通りのやり取りが、少しだけ心を落ち着かせていた。

先に立って廊下を歩いていたＡＤが、第二会議室とプレートのかかったドアを開けた。おそるおそる足を踏み入れると、大きな部屋の中央に長机が正方形に配置され、五人の男女がばらばらに座っていた。

他に数人が窓際の長椅子に腰掛けていたが、アシスタントなのだろう。ＡＤの指示で、直子がそこに加わった。

「調子はどう？」

ドアに近い椅子に座っていた背の高い男が手を上げた。お久しぶりです、と薫は和田拓実に小さく頭を下げた。

三年前の一月から、その年の終わりまで、薫は『イル・ガイン』のオーナーシェフ、滝沢修次の紹介でイタリア・ミラノの名店『オステリア・ポルペッタ』で修業をしていたが、その時来店した拓実と会っている。

新進気鋭の若手料理人として、雑誌でも取り上げられていたから、薫も名前は知っていた。

微笑んだ拓実が隣の椅子を指した。コックコートをスタイリッシュに着こなすその姿は、料理人というよりファッションブランドのデザイナーのようだった。

社交的で、誰に対しても優しく接する性格だ。椅子に腰を下ろすと、ＡＤが手を二度叩いた。

「間もなく収録スタートです。開会式では、まずアナウンサーによる大会の説明、審査員五名の紹介が十分ほどあります。その後キッチン・コロッセオに入場という流れです。よろしくお願いします」

まだ十分も待つの、と向かいの席に座っていたロングヘアーの女性が読んでいた本から目を離し、かけていた赤い縁の眼鏡を長机に置いた。

「浅倉さん。ここで会うなんて、想像もしてなかったけど、どうせならあたしたち女性料理人でワンツーフィニッシュを決めない？　『イル・ガイン』に行ったのは去年の夏だから、会うのは一年半ぶり？」

三メートルほど離れていたが、かすかに香水の匂いがした。メイクもしている。料理人にとってはどちらもタブーだが、今日は料理を作らないから問題ない。オフホワイトのコックコートに、紅の太い縞（しま）が入ったスカーフがよく似合っていた。

川縁令奈は九〇年代に一世を風靡（ふうび）したスターシェフ、川縁辰雄（たつお）の娘で、現在は父親がオーナーシェフを務める『ラ・フルール・ギンザ』のスーシェフだ。

令奈には多くの伝説がある。六歳の誕生日に両親が有名なフレンチレストランへ連れていった時、前菜をひと口食べただけで帰ると泣き出し、やむなく両親が連れ帰ったが、翌日その店の客が食中毒で病院に搬送されたというエピソードは料理人の間でも有名だ。

中学生の時にはカレー専門店で出てきたカレーを嗅いだだけで、全種類のスパイスを言い当てたこともあった。味覚、嗅覚の鋭さは、誰もが認めるところだ。

ただ、二十九歳の若さで『ラ・フルール』のスーシェフを務めていることを含め、令奈のことを悪く言う者も少なくなかった。権高で高圧的、傍若無人でわがまま、そんな声もあった。

小学四年生から中学卒業まで、ティーン向けのファッション誌のモデルだったが、それも悪評に繋がっているのだろう。嫉妬による陰口といってもいい。

若いくせに生意気だと言われるのは、自分の意見をはっきり言うためだ。パリで生まれ育った令奈が帰国したのは小学校三年生の時で、帰国子女にはありがちかもしれない。

誤解されることが多いのは、女性料理人への偏見のためでもあった。男性優位が続いている料理の世界で、女性は常に下のポジションに甘んじなければならない。

令奈には現状に対する不満があるのだろう。小さい頃からフレンチの料理人になると決め、料理について常に考え続け、深く学び、誰よりも真剣に向き合っている。その姿勢は同じ女性料理人たちの手本ともなっていた。

ＹＢＧで優勝すれば、料理人に性差はないと証明できる。自分と薫でワンツーフィニッシュを決めようというのは、それを意識した言葉だが、薫にはそこまで考える余裕がなかった。

天才と謳われた父譲りの才能に加え、フレンチ以外の料理も学び、名店にはまめに足を運ぶ努力家の一面も令奈にはあった。一年半前、仙台の名店『イル・ガイン』を訪れたのも、滝沢のテクニックを参考にするためだった。

滝沢に紹介されて挨拶したが、立場の違いもあり頭をただ下げる薫に、令奈の方から話しかけてきた。裏表のないさっぱりした性格とわかり、打ち解けるのに時間はかからなかった。

令奈は三歳上だし、会ったのはその一度だけだから、親しいとまでは言えないが、尊敬する料理人の一人だ。

「彼のことは知ってる？」

令奈が右奥の席に視線を向けた。下顎の張った、小柄だが頑丈そうな体つきの男が腕組みをしたまま目をつぶっている。

広島の『宝殿楼（ほうでんろう）』で働いている邸浩然くん、と令奈が言った。細い目を開けた男が、面倒臭そうに片手だけを上げた。Tシャツの上から中華のコックコートをはおっていたが、ボタンはかけていない。

決勝進出が決まった時点で、プロフィールを見ていたので、顔と名前はわかっていたが、会うのは初めてだ。二十四歳とまだ若いが、料理人歴は九年と記載があった。

出身は川崎（かわさき）で、中学を卒業後、そのまま料理の世界に飛び込んだようだ。

横浜（よこはま）中華街でいくつかの店を転々とし、三年後には静岡（しずおか）、翌年には名古屋（なごや）、と次々に店を移っている。昔はそういう形で修業する料理人も多かったが、最近では珍しいだろう。

傲岸不遜（ごうがんふそん）を絵に描いたような表情で、他の五人を睨（にら）みつけている。殺気すら感じられるほどだ。

気にしなくていい、と拓実が耳元で囁いた。

「横浜の〝ホテル・トワイライト〟で働いていた時、邸も同じホテルの中華料理店にいた。頑固で誰の言うことも聞かないと、その店の連中が愚痴（ぐち）を言ってたよ。上と喧嘩（けんか）して辞め、別の店で先輩と揉（も）めて辞め、その繰り返しだ。結局、横浜から飛び出して、静岡や名古屋へ移ったが、性格は簡単に変わるもんじゃない。今は四川（しせん）料理の名店、『宝殿楼』にいるそうだけど、いつまで続くか――」

　気配を感じて顔を上げると、作務衣を着た痩せた長身の男が横に立っていた。広い額に、二本の皺が深く刻まれている。プロフィールに四十四歳とあったが、もう少し上に見えた。

「山科一人と言います。京都の『あじ京』で働かせてもらっている焼き方です。よろしくお願いします」

　深々と頭を下げた山科に、こちらこそよろしくお願いします、と慌てて薫は立ち上がった。歴四年とプロフィールにありましたねと言った拓実に、来月で丸四年になります、と山科がまた頭を下げた。

　そりゃすごい、と拓実が言った。

「無給で無休、無理も当たり前、三無が『あじ京』の修業と聞いています。老舗中の老舗ですから、仕方ないんでしょうけど……箔を付けるために、地方の料亭の二代目、三代目があそこで働くそうですが、ほとんどが半年も保たないで辞めていくのは有名な話です」

　自分はスタートが遅かったので、と山科が浅葱色の手拭で額を拭った。

「四十歳の時にこの道に入りましたから、皆さんとは違います。それまでは家電量販店で働いていましたので、素人同然です。修業をするなら一番厳しい店がいいと考えて、『あじ京』の門を叩きました」

四十歳までサラリーマンだったんですか、と薫は山科の顔を見つめた。プロフィールにそこまでの記載はなかった。

脱サラした人がラーメン屋を開くのとは訳が違う。山科のような経歴を持つ料理人は、めったにいない。

「四十四歳ですから、ヤング・ブラッド・グランプリに挑戦する年齢ではないとわかっています。決勝に勝ち残ったのは、運が良かっただけなんでしょう。これも勉強のうちだと思っています。ご迷惑だけはおかけしないようにするつもりですので、よろしくお願いします」

一礼した山科が席に戻っていった。過去の大会で四十代の料理人がエントリーしたことはない。

最年長記録だ、と拓実が小声で言った。

「『あじ京』の噂は君も聞いてるだろ？　苛酷な修業を強いる伝統がある……あの人の手を見たかい？　火傷の跡がいくつもあった。焼き方だからかもしれないけど、最近じゃ珍しい」

手荒れも酷かったですね、と薫はうなずいた。

料理の世界は、今も徒弟制度が残っている、と拓実が顎に手を当てた。

「フレンチ、イタリアン、中華、どのジャンルもそうだ。前近代的な構造が変わっていない業界だよ。中でも和食は古い仕来りにこだわっている。伝統も大事だから、全部悪いとは言わないけれど」

子供の頃から料理人になるのが夢だったとプロフィールに書いてあった、と拓実が話を続けた。

「奥さんと子供がいるみたいだ。それで四十歳から料理人を志すっていうのは……よほどの覚悟があるんだろう。侮れない相手だよ。ダークホースだな」

あの人のことは知ってますか、と薫は顔を斜め左に向けた。一番奥の席で片膝を抱えていた若い男が、頰に笑みを浮かべて辺りを見回している。

身長は百七十センチほどで、特に目立つところはない。ボタンダウンの白シャツにジーンズというその姿は、料理人というより大学生のようだ。

プロフィールでしか知らない、と拓実が首を振った。

「里中海、二十七歳。長崎のポルトガル料理店で働いていると書いてあったな。ぼくもポルトガル料理に詳しいわけじゃない。何度か食べたことはあるけど、どう言えばいいのか……郷土料理って感じかな。君はどう思う?」
一度だけ専門店に行ったことがあります、と薫は答えた。
「東京へ遊びに来た時、友達に誘われて代々木上原の店に行きました。美味しかった
とは思いますけど、特に印象は……」
ノックの音と同時にドアが開き、女性スタッフが入ってきた。
「お待たせしました。キッチン・コロッセオへ入場する時間です」
待ちくたびれたと拓実が立ち上がり、その後に令奈と山科が続いた。振り向いた薫
に、直子が両手の親指を立てて、ファイトと小声で言った。

4

いよいよだな、と左隣の席で笹山博がきれいな銀髪を手で梳いた。ジャパンイタリ
アン連合会理事、五名のYBG審査員のうちの一人だ。
緊張しますね、と鈴川志帆はため息をついた。YBG第一回大会から審査員を務め
ているのは、大会委員長の国丘を除けば、志帆と笹山だけだ。
何回やっても慣れないと笹山が肩を回したが、それは志帆も同じだった。

「ただ今より、チャレンジャーの入場です！」

男性アナウンサーが叫ぶと、すべての照明が一瞬消え、すぐに眩しいほどの光がセンターステージを満たした。

「エントリーナンバー1、川縁令奈、フレンチ。東京、『ラ・フルール・ギンザ』！」

深紅のキャスケット風コック帽をかぶった川縁令奈が笑顔でキッチン・コロッセオの前を歩き、所定の位置についた。深々と一礼したその姿は、華やかの一言に尽きた。

さすがムッシュのお嬢さんだと囁いた笹山に、そっくりですね、と志帆はうなずいた。

ＹＢＧ審査員の一人で日本エスコフィエ協会会長の大竹了栄(おおたけりょうえい)も日本を代表するフレンチシェフだが、川縁辰雄は別格だ。その愛娘(まなむすめ)の令奈には、生まれながらの品の良さがあった。

「エントリーナンバー2、邱浩然、中華。広島、『宝殿楼』！」

長袖のコックコートに身を包んだ背の低い男が、目を伏せたまま令奈の隣に立った。表情にどこか険があり、細い目が血走っている。闘志が剝(む)き出しになっているその顔に、笹山が苦笑を浮かべた。

「エントリーナンバー3、里中海、ポルトガル料理。長崎、『リーバン』！」

リーバン、と笹山が首を傾げた。YBG審査員の五人は最終審査の動画で海を見ているが、長崎市内にあるポルトガル料理店で働いていること以外、情報はなかった。

審査員たちもあえて調べていない。先入観を持って審査に当たるべきではない、という意識があるためだ。

五人の審査員の中で、志帆はマスコミ代表という立場だ。編集長を務めている『Pro's Restaurant』は小部数の専門誌で、読者のほとんどが業界関係者だった。

志帆のもとには、全国からさまざまな情報が入ってくる。料理長の引き抜きや独立といった人事情報、新店オープン、閉店などの店舗情報、あるいは同業者の評判、SNSで注目されている店の情報などだ。

だが、『リーバン』という店、そして里中海の名前は聞いたことがなかった。志帆さんほどの情報通でも知らないか、と笹山が小さく笑った時、エントリーナンバー4という声が聞こえた。

「和田拓実、フレンチ。東京、〝クレオール・ジャパン〟『ヴィアン・ココット』！」

純白のコックコート、黒のストレッチパンツ、長いコック帽を被った和田拓実が右手を挙げて入ってきた。オーラということなのか、全身が光って見えた。

大本命の登場だ、と笹山がつぶやいた。三十一歳の若さで『ヴィアン・ココット』の料理長を務めているという経歴に加え、ルックスも良く、スター性がある。

これまでもテレビその他マスコミ媒体でたびたび取り上げられていたが、昨年のミシュランガイド東京で二つ星を獲(と)ったことで、一段格が上がった。日本におけるフレンチの未来を担う一人であることは間違いない。

「エントリーナンバー5、山科一人、和食。京都、『あじ京』！」

百八十センチを超える長身の痩せた男が、拓実の隣に並んだ。着古した作務衣を着ていることもあり、地味に見えた。

彼で良かったのか、と右側に座っていた日本和食研代表の神宮司響(じんぐうじひびき)が腕を組んだ。

「技量の話じゃない。年齢のことだ。四十四歳というのは……我々の理念から外れてるんじゃないかね」

ＹＢＧのコンセプトは〝若手料理人の育成〟だ。具体的に言えば三十代前半までで、四十四歳の料理人を若手とは呼べない。

ただし、山科の料理人歴は約四年で、出場資格は満たしている。最終審査で、山科の決勝進出に反対したのは神宮司だけだ。最終的に国丘大会委員長の裁定に従っていたが、まだ不満が燻(くすぶ)っているようだった。

「ラスト、エントリーナンバー6、浅倉薫、イタリアン。宮城、『イル・ガイン』！」

七分袖のコックコートを着た小柄な女性が山科の隣に立った。襟にピンクのストライプが入っているのが、いかにもイタリアンの料理人らしい。

腰のエプロン紐に何度も触れているのは、緊張のためだろう。高校生みたいだと笹山が囁いたが、二十六歳という年齢より若く見えると志帆は思った。

宮城県仙台市の『イル・ガイン』には、志帆も二度行ったことがある。伝説のイタリアンシェフと呼ばれた滝沢修次がオーナーシェフを務める名店だ。

日本一予約が取れないイタリアンとして知られていた西麻布の『リストランテ・タキ』をクローズし、故郷の宮城で滝沢が『イル・ガイン』をオープンしたのは二〇一二年四月だった。

二〇〇〇年代に入ってからも東京のイタリアンをリードしていた滝沢が宮城に戻ったのは、前年の東日本大震災のためだろう。

店を訪れた際、直接尋ねたが、滝沢は肯定も否定もしなかった。志帆も記事にしていない。滝沢が望んでいないのはわかっていた。

『イル・ガイン』で四年働いている、と薫のプロフィールにあったが、料理について一切の妥協を許さない滝沢の下で修業を続けているのは、忍耐力の強さを物語っている。料理人にとって必須の資質だ。

「以上六名が、明日午前十時から開催される決勝大会のチャレンジャーです」

キッチン・コロッセオの上部にある巨大モニターに、それぞれの顔がアップになった。

「昨年までは新型コロナウイルスの影響により無観客でしたが、今年は徹底した感染対策のもと、会場内に三百人の観客を入れることになっています。それではマスコミ各社の皆様、撮影をお願いします」

記者席にいた十数人のカメラマンが前に出て、シャッターを切り始めた。国内最大規模の料理コンクール、ヤング・ブラッド・グランプリに、マスコミも注目していた。

撮影を終えたカメラマンたちが下がるのと同時に、照明が暗くなり、モーツァルトのオペラ〝フィガロの結婚〟序曲が静かに流れ始めた。いよいよだな、と笹山が手をこすり合わせた。

巨大なピラミッド状のオブジェ正面の壁が開き、現れた紫色のロングコックコート姿の国丘宗一郎(そういちろう)にピンスポットが当たった。〝フィガロの結婚〟のボリュームが、僅(わず)かに大きくなった。

センターステージのスタンドマイクの前に立った国丘が五人の審査員、そして正面のカメラに一礼した。

「YBG大会委員長の国丘でございます」柔和な笑みを浮かべたまま、改めてもう一度頭を下げた。「ヤング・ブラッド・グランプリも今年で十回目となります。何事にも節目があると思いますが、やはり十年、十回目というのは、大きな節目と言っていいでしょう」

一次審査から最終審査までの過程は、YBGホームページで随時更新されているので、国丘の説明も簡潔だった。

「第十回大会へのエントリー数は九百四十二名、これは過去最多の数字です」国丘が後ろに立っているチャレンジャーたちに目を向けた。「厳正な審査の結果、この六名が決勝大会進出を決めました。彼ら、彼女らが未来の料理界を牽引していくことを願って止みません」

〝フィガロの結婚〟が不意に止んだ。数秒の沈黙の後、国丘はゆっくりと口を開いた。

「第十回ヤング・ブラッド・グランプリの開会を、ここに宣言します。六名のチャレンジャーの健闘を祈ります！」

〝フィガロの結婚〟が大音量で流れ、天井のライトが点滅を始め、センターステージ全体がライトアップされた。六人のチャレンジャーが深々と頭を下げている。

五人の審査員、そして大勢のスタッフが立ち上がり、拍手が長く続いた。

今大会のテーマです、と国丘がキッチン・コロッセオの上に設置されている巨大モニターを指さした。そこに『十年ぶりに会う友人との夕食、そのひと皿』という文字が浮かび上がった。

スタッフや記者たちの間からひときわ大きな拍手が湧き、フルボリュームの〝フィガロの結婚〟が会場を満たした。

Competition

2

キッチン・コロッセオ

1

「チャレンジャー退場！」

アナウンサーの声に、薫はセンターステージから廊下へ戻った。直子を含め、十人のアシスタントがそこに立っていた。

こちらで待機してください、と長髪のADが小声で言った。

「収録は以上ですが、五分ほど後に、もう一度アシスタントの皆さんとキッチン・コロッセオに戻り、調理器具その他の下見をお願いします」

インカムに手を当てていたADが、いったんその場を離れた。テレビっていろいろ大変なんですね、と海がため息をついた。

海の声を聞くのは初めてだった。少し高いが、柔らかい声音だ。読み聞かせをしたら、子供が喜ぶのではないか。

センターステージを降りた国丘が五人の審査員と握手を交わし、反対側の廊下に出て行く姿が見えた。

君の言う通りだよ、と苦笑した拓実が海に顔を向けた。

「店の取材で何度か出たことがあるけど、テレビは時間ばかりかかる。宣伝のためだと、割り切るしかない」

それよりテーマよ、と令奈が話を遮った。

「十年ぶりに会う友人との夕食……最初に見たときはびっくりした。どうしろっていうのよって」

第一回から第五回まで、ＹＢＧの決勝テーマは開会式で発表されていた。チャレンジャーは約二十四時間で複数の料理を考えなければならない。発想力や対応力に富む者、言い換えれば経験の長い者が有利なルールだった。

第六回大会以降、エントリー時にテーマが発表される形に変更された。チャレンジャーは一年かけて準備できる。経験の長短に関係なく、実力が問われるルールといっていい。

ただし、チャレンジャーによってテーマの受け取り方は違う。解釈というべきかもしれない。

チャレンジャーの思考が料理に直結しているから、それぞれの料理は自ずと個性的になっていく。ＹＢＧの趣旨にはその方が合っているだろう。

拓実が壁に背を預けた。

「難しく考えることはない。十年ぶりでも友人は友人だよ。一緒に楽しく過ごすための料理ってことさ」

「あたしは違う。うちの店に十年ぶりに会う友達が来たら、どうやってもてなすか、それを考えた」

令奈が首を振った。どちらが正しいということではないが、薫は共に夕食の席を囲む友人を想定していた。

テーマの捉え方はそれぞれ違う。それもYBGの特色だった。

友人というのは、と山科がメモ帳を開いた。

「つまり、学生時代の友達ということでしょうか？」

丁寧な言葉遣いは、サラリーマン経験が長かったためだろう。料理人としては珍しいが、好感の持てる話し方だ。

それもまた考え方によるでしょう、と拓実が言った。

「幼なじみだけど通っていた学校が違うとか、傍から見ると関係性の薄い者ということもあり得ます。学校の友達だけが友達じゃありませんよね？　もちろん、常識的には――」

うるさいぞ、と邸が壁を平手で叩いた。大きな音に、薫は思わず身をすくめた。

「料理は口で作るもんじゃない。テーマも解釈も関係あるか。十年ぶりに会うダチだろうが、今日初めて会った奴だろうが、旨いと言わせりゃそれでいい。お喋り(しゃべ)なら他所(よそ)でやってくれ」

迫力のある低い声に、その場の空気が固まった。

あなたはどうなの、と令奈が顔を向けると、特に何も考えてません、と海が柔らかい笑みを返した。

「十年ぶりでも二十年ぶりでも、友達は友達ですよ。楽しい時間を過ごせれば、それでいいんじゃないですか？　美味しい料理があれば、それだけで十分です」

「でも、試作はしたんでしょ？　レシピは？」

ＹＢＧ委員会がキッチン・コロッセオに食材を用意するんですよね、と海が言った。

「それを見てから考えるつもりです。レシピを作っていても、ふさわしい食材がなければ意味ないでしょう？」

信じられない、と呆れたように令奈がつぶやいた。誰の顔にも驚きの色が浮かんでいたが、それは薫も同じだった。

ＹＢＧには独自のルールがある。日本中からＹＢＧ委員会が厳選した肉、魚、野菜、果物がキッチン・コロッセオに並び、チャレンジャーはそれを使わなければならない。決勝の制限時間は四十五分で、一秒でもオーバーすれば即失格となる。

チャレンジャーはいずれも現役の料理人だ。店で料理を作る際も調理時間はほぼ決まっているが、一分以内なら誤差の範囲だろう。

そのため、決勝進出が決まったチャレンジャーは、まず四十五分という時間を体で覚えなければならなかった。スポーツと同じで、反復練習によって時間の感覚が身につく。

試作を重ねる目的は料理の完成度を高めることだが、時間内にどこまで完璧な作業が可能か確かめるためでもあった。

薫は直子と相談して、三つの料理を考え、下拵え（したごしら）から清掃まで含め、四十五分ジャストで完成するように試行錯誤を重ねてきた。それは他のチャレンジャーも同じだろう。

だが、海は何も準備をしていないようだ。明日、キッチン・コロッセオで食材を見てからレシピを決めるつもりなのか。

すべてをその場で発想、判断し、高水準の料理を制限時間内に完成させるのは、ベテランの料理人でも厳しい。

本当だろうかと思ったが、隠す理由はない。言った通り、今は何も決めていないのだろう。

準備が整いました、とＡＤが声をかけた。

「キッチン・コロッセオに入ってください。アシスタントの皆さんもお願いします」

横に並んだ直子が、薫の脇腹を肘でつついた。

「どうですか、浅倉さん。初のテレビ出演の感想は？」

ナオの冗談は笑えない、と薫はしかめ面を向けた。

「開会式はセレモニーで、あたしたちはただ立っていただけ。感想も何もない」

リラックスして、と直子が言った。

「緊張するのはわかるけど、それじゃ実力を発揮できない。楽しんだ方が勝ちってこともある」

楽しむ余裕なんてない、と薫は前を行く令奈の後ろに続いた。

「酷い負け方をしたら、店にも迷惑がかかるし……」

滝沢シェフはそんなことで文句を言うような人じゃないでしょ、と直子が背中を強く叩いた。

「ほら、背筋を伸ばして。あたしは薫を信じてる。自信を持って」

ため息をついた薫を、邸が追い抜いていった。気づくと、いつの間にか一番後ろになっていた。

2

天井のライトがキッチン・コロッセオを煌々と照らしている。開会式では緊張して
た、と薫は囁いた。

「照明が眩しかったし、上がってしまって何がなんだか……」

でも、今は全部見える、と直子がうなずいた。

「キッチン・コロッセオはYBGのアーカイブ映像で確認してるけど、サイズとかスケール感とか、その辺は自分の目で見ておかないとね」

丸めた台本で手のひらを叩いた長髪のADが、説明しますと大声をあげた。薫たちチャレンジャー、そして九人のアシスタントがそれぞれ口を閉じた。

決勝の舞台ではアシスタント一名のみがつくが、下見で人数制限はない。拓実は二人、令奈は三人を店から連れてきていた。

「キッチン・コロッセオ……以下コロッセオと呼びますが、メインとなるのは中央の

システムキッチンです」

センターステージに設置されている二台のアイランド型システムキッチンをADが指した。

「客席から見て左側はIH。右側はガスコンロです。どちらを使っても構いません。過去には両方使用したチャレンジャーもいます」

一般的なI型、ペニンシュラ型と違い、アイランド型はどこも壁に接していないため、動線の確保が容易になるメリットがある。名称通り、海に浮かぶ独立した島のようだ。

二台のシステムキッチンは、二人がすれ違える間隔があった。三メートル後ろに幅五メートルの大きな棚が二つあり、さまざまな調理機器が並んでいる。

急速冷却機・ブラストチラー、多機能加熱調理機器・スチームコンベクションオーブン、グリラー、サラマンダー、フードプロセッサーなど、ホテルのレストランで使用する機器もあった。

鍋やフライパン、包丁などはチャレンジャーが用意する。慣れた道具を使いたいのは、誰でも同じだ。

他に塩、砂糖をはじめ、数多くの調味料、香辛料類が並んでいるが、事前に申請していれば、特殊な調味料の持ち込みも認められている。

調理機器棚の左右に、幅二メートル、高さ一メートルの食器棚があり、和食器、洋食器、中華食器が置かれていた。箸(はし)やレンゲ、ナイフ、フォーク、スプーン、各種カトラリーも揃(そろ)っている。種類、点数も多く、カラーリングの幅も広い。

調理機器の使用法について不明な点があれば、各メーカーの担当者に質問してください、とADが声を高くした。

「では、今から明日の決勝戦に向けて、番宣用にチャレンジャーのインタビューを行います。時間は一人十分前後、抽選で決めましたが、和田さん、邸さん、山科さん、川縁さん、里中さん、浅倉さんの順番で行います。では、コロッセオの下見と確認を始めてください」

開会式は別として、全チャレンジャーがコロッセオを直接見るのはこれが初めてだ。下見に時間をかけたいと薫は思っていたが、気後れもあって動きが遅れた。

その間に素早くシステムキッチンに歩み寄った拓実が二人のアシスタントとサイズのチェックを進めていた。

後方の調理機器の棚にまわった令奈が三人のアシスタントに指示を出し、一人が写真を撮っている。二人に共通しているのは、積極的で物怖(ものお)じしない性格だ。

（出遅れた）

薫は唇を嚙んだ。二時間近く時間があるので、焦る必要はないし、早ければいいというものでもない。拓実や令奈の後に、システムキッチンや調理機器を確認すればいいだけの話だ。

ただ、コンクールにおいては、一歩踏み出せない気の弱さが不利になる。前に出る勇気を持たなければならない、と改めて自分自身に言い聞かせた。

「アシスタントはいらないと言ったはずだ」

突然の大声に、薫は振り向いた。邸がADを睨みつけている。怒っているのが表情でわかった。

「ですが、一人で調理するというのは厳しいでしょう」ADが小声で言った。「アシスタントが必要なチャレンジャーには、国丘料理学院の卒業生を一人つけると事前に説明していますが……」

馬鹿らしい、と邸が吐き捨てた。

「こっちは九年やってる。料理学校の卒業生なんて、俺に言わせりゃ素人同然だ。大体、アシスタントをつけなきゃならんというルールはない。そうだろ？」

確かにそうです、とADが諦めたように退いた。口を真一文字に結んだ邸が、右手のシステムキッチンのガスコンロの点火スイッチを捻り、火力の点検を始めた。

一般に、中華の料理人はガスコンロを使用する。薫は慣れているIHを使うつもりでいたが、他のチャレンジャーも同じで、順番を待っていた。ガスコンロが空いていたのは、そのためだった。

凄いね、と直子が囁いた。

「よほど自信があるのか、それとも誰のことも信用していないのか……でも、気持ちはわからなくもない。今日初めて会った人と、意思疎通するのは難しい。アシスタントのミスで、料理が台なしになることもあり得る」

あたしはラッキーです、と薫は軽く頭を下げた。

「女子栄養大学の卒業式で総代を務めた野中直子さんが、アシスタントを引き受けてくれた。小学校一年からの付き合いだから、指示しなくてもフォローしてくれる」

〝さん〟付けで呼んだのは、もちろんわざとだ。任せて、と直子が胸を強く叩いた。

「薫の手足となって働くよ。アシストは慣れてる。帝都ホテルでも――」

不意に直子が口を閉じた。どうして辞めたのと言いかけて、薫はその言葉を呑み込んだ。

三年半前、女子栄養大学を首席で卒業した直子は名門帝都ホテルに入社し、希望通りレストラン調理部に配属された。

歴史と伝統があり、格式も高い帝都ホテルのレストラン調理部で働くのは、料理人にとってエリートコースと言っていい。

だが二年も経たないうちに退社し、半年後、荻窪に小さな料理教室を開いたとLINEが入った。帝都ホテルを辞めた理由は書いてなかった。

どうして辞めたの、とLINEを返したが、既読スルーされただけだ。あえて詳しい事情は聞かなかった。

話したくない理由があるのだろうし、いずれ時がくれば直子の方から話してくれるはずだ。

直子がシステムキッチンを指さした。拓実と二人のアシスタントがシステムキッチンのチェックを終え、薫の順番になっていた。

「使ったことのない調理機器もある。操作法がわからなかったら、フォローも何もない。でしょ？」

了解と答えた時、和田さん、とADが名前を呼んだ。後を頼むとだけ言った拓実が、コロッセオを出て行った。

3

女性スタッフが応接室とプレートのかかっている部屋のドアを開き、拓実は中に足を踏み入れた。正面に茶色のアンティークチェアが置かれていた。

お座りください、と立っていた細身の中年男が言った。YBG決勝大会の総合演出を担当するディレクターの中畑(なかはた)だ。

アンティークチェアに腰を下ろし、拓実は辺りを見回した。目の前で男がカメラを構えている。照明、音声担当のスタッフもいた。

始めてください、と拓実は長い足を組んだ。小さなデスクで中畑がパソコンのモニターをチェックしていたが、それではよろしくお願いしますと軽く頭を下げた。

「まず、簡単に経歴を教えてください」

一九九一年生まれ、今年三十一歳です、と拓実は前髪を整えた。

「今は丸の内のホテル〝クレオール・ジャパン〟のフレンチレストラン『ヴィアン・ココット』でシェフを務めています」

和田さんは杏社(きょうしゃ)医科大学を卒業されてますよね、と中畑がもう一台のパソコンを指でスワイプした。

「私が知っている限り、医師免許を取得している料理人は和田さん以外いません。どういう経緯で料理の道へ進むことになったんですか？」

杏社医大に入ったのは、母が外科医だったからです、と拓実は中畑の目を見つめた。

「父は病理の研究医ですが、ぼくは臨床医の方が向いていると思っていました。専科も外科を選んでいます」

「なるほど」

うなずいた中畑に、外科医は患者を治す実感がありますからね、と拓実はコックコートの襟を直した。

「ですが、実習中に入院患者が病院食を嫌がることに気づいたんです」

そのために栄養学を学ぶ必要がありました、と拓実は言った。

「正直、病院食って美味しくないんですよ。ただ、大きく言えばあれも治療の一環ですから、全部食べてもらわないと困ります。ぼくは凝り性なところがあって、四年生の時、大学と平行して専門学校で料理を学ぶことにしました。美味しくて、必要十分な栄養を摂取できる病院食なら、患者さんも喜んで食べてくれるでしょう？」

「そうですね」

「二年後、国家試験を受けて医師免許を取得しましたが、その頃にはもう料理の方にどっぷり浸かっていて……料理人になると決めたのは、卒業する直前です。病気や怪我の治療に絶対はありませんが、料理はすべてをコントロールできます。完全主義のぼくとしては、そちらの方がやり甲斐があると思ったんです」

キャリアは約七年ですね、と中畑が言った。

「それで『ヴィアン・ココット』のシェフになるというのは、異例の早さだと思います」

ぼくは二十二歳まで専門的に料理を学んだことがありませんでした、と拓実は肩をすくめた。

「でも、それが良かった気もします。先入観がないので、教わったことが素直に体に入ってくる……そんな感じです。もうひとつ、強いて言えば手先が器用だったのもプラス要素でした。運が良かっただけで、巡り合わせや人との出会い……タイミングが合ってシェフになった。そういうことです」

興味深いですねと言った中畑に、自分でもそう思います、と拓実は微笑んだ。

4

コロッセオのピラミッド形オブジェの上に設置された巨大モニターに、拓実の笑顔が映っている。

「このメーカーのスチコン、使ったことない」薫はシステムキッチンのチェックを始めていた直子に声をかけた。「担当者に質問しないと……取扱説明書はある？」

スチームコンベクションオーブン、通称スチコンは熱容量が大きくなる特徴があり、温風と過熱水蒸気による調理が可能だ。そのため、いわゆる〝焼きむら〟を最小限に抑え、同時に湿度を保った状態で調理できる。

オーブンという名称のため、〝焼く〟ための調理機器だと思われがちだが、〝蒸す〟〝煮る〟〝炒める〟など用途は多岐にわたる。

かつては大量調理用の業務用調理機器としてレストランや病院などで使用されることが多かったが、二〇〇四年に家電メーカーが超高温の過熱水蒸気で食材を〝焼く〟商品を開発、販売したことで、今では一般家庭でも使われるようになっている。

コロッセオに設置されているスチコンは業務用だが、中型サイズで、十人分の食材を一度に加熱調理できる。薫はロスティチェーレ、和食で言う焼き方だから、扱いには慣れていたが、店で使っているスチコンと機種が違うため、不安があった。

「落ち着きなさいって。あたしはこのメーカーのスチコンを使ったことがある」直子が側面の型番を確かめた。「春に出た新商品だけど、基本的な構造は変わらない」

薫の前を通り過ぎた令奈がモニターに目をやり、ご立派ですこと、とつぶやいた。苛ついてるね、と直子が令奈の背中に顎の先を向けた。

「焼き過ぎたベーコンみたいな顔してる。和田さんは取材慣れしてるから余裕がある。令奈さんとしては、ライバル意識があるんだろうな」

人のことはいいから調理機器を確認しようと言った薫に、わかってますってと直子が苦笑した。

「でも、決勝に残った六人の中で、優勝候補筆頭は誰が見たって和田さんだよ。去年のミシュランガイド東京で、二つ星を獲ってる。〝巨匠〟アラン・モンティがバックだからだって言う人もいたけど、実力がなかったら星二つは無理だって。令奈さんにとって最強最大の敵だから、あんな顔になるのも仕方ないかもね」

話し続けている直子に背を向け、薫は業務用減圧加熱調理器をチェックした。容器内を減圧しながら調理するため、低温加熱でも食材の煮崩れを防ぐことができるし、減圧効果によって料理の旨みや香りを損なうこともない。

ただし、一台百万円以上と価格が高いため、ほとんど使ったことがなかった。取扱要注意と頭の隅にメモしていると、同じフレンチだから余計気になるのかも、と直子が横に並んだ。

「『ラ・フルール』ではスーシェフだけど、実質的なシェフは彼女だって聞いてる。そうはいっても、やっぱり川縁辰雄の名前は大きいよ。二世タレントと同じで、親の七光りとか言われることもあるんじゃない？」

お願いだから集中して、と薫は口を尖らせた。

「四十種類以上の調理機器があるのよ？　ナオだって、何もかもわかってるわけじゃないでしょ？　全部見ておかないと安心できない」

焦りは禁物、と直子が薫の肩を叩いた。拓実のインタビューが続いている。

ガスコンロの火に自分の中華鍋を当てていた邸に、ＡＤが歩み寄った。インタビューをお願いしますという声に、舌打ちした邸が仏頂面のままコロッセオを出て行った。

5

「決勝に向けて、作戦はありますか？」

中畑の問いに、ある程度は、と拓実は答えた。

「でも、すべてを決めているわけではありません。想定しているレシピはありますが、コロッセオに立つ直前、インスピレーションが湧くこともあるでしょう。その辺りは自由な発想で向き合いたいと考えています。ぼくたちの仕事は、美味しいと思ってもらえる料理を作ることに尽きますから、百パーセント全力で戦うのが作戦と言えば作戦ですね」

「最も重視していることは？」

スピードです、と拓実は両手の指をピアニストのように動かした。

「速く作るという意味じゃありません。流れ、ということになるのかな……うまく説明できませんが」

意図的に曖昧(あいまい)な言い方をしたが、拓実の中では明確な回答が出ていた。スピードとは効率だ。

決勝には四十五分という時間制限がある。その四十五分を有効に使うことが、勝利への最も確実なルートだ。

制限時間をオーバーするのは論外だが、料理の完成が早過ぎても結果には結びつかない。下手をすれば、減点される恐れもある。

完成した料理はベストのタイミングで供さなければならない。厨房での調理が終われば自分の仕事は終わりと考える料理人も多いが、客の前に皿を置くまで、料理は完成したと言えない。

厨房で盛り付けを終えてからも、料理の温度は微妙に変わっていく。テーブルに運ぶまでの時間も計算に入れて、食材に火を通さなければならない。

調理のスピードも大事だが、それ以上に全体の段取りが重要になる。効率を考え、無駄を省き、完成までの最短距離を進む。それだけで勝利の確率は上がる。

「では、最後に意気込みをお願いします」

もちろん優勝したいという気持ちはあります、と拓実はカメラに目を向けた。

「ですが、それよりも楽しみたいという思いの方が強いですね。YBGはジャンルの垣根を越えたコンクールです。こういう機会はめったにありません。何かを学べればいい、そう思っています」

モニターをチェックした中畑が、ＯＫですと指で丸を作った。コロッセオに戻ります、と拓実は席を立った。

「下見を進めたいので……全部アシスタント任せにするわけにもいきませんからね」

応接室のドアが開いた。立っていた邸が、百点満点のインタビューだったな、と言った。

「さすがだよ。スターシェフは違うな……だが、料理は口で作るもんじゃない。それだけは覚えておけ」

リラックスしろよ、と拓実は邸の肩を軽く叩いた。

「そんな怖い顔でインタビューを受けるつもりか？　わざわざ悪役を演じる必要はないだろう」

鼻で嗤（わら）った邸がアンティークチェアに腰を下ろした。開いたままになっているドアを抜けて、拓実は廊下に出た。

6

戻ってきたよ、と直子が肩をつついた。拓実が大股（おおまた）でコロッセオを横切り、アシスタントに声をかけている。

堂々としていましたね、と山科が感心したように言った。

「何というか……映画スターのインタビューのようでした」

止めてください、と拓実が照れ笑いを浮かべた。近づいた直子が二人の会話に加わった。

薫はその後ろで、三人の話に耳を傾けた。こういう時、積極的な直子が羨ましくなる。人見知りなところがあるので、うまく話の輪に入れない。

「雰囲気があって、さすがだなって」

そう言った直子に、そんなことないよ、と拓実が口元をすぼめた。

「カメラが回ってると、どうしても身構えてしまう。もっと自然にしていればよかった。テレビは怖いよ」

口を閉じた拓実が上を向いた。アンティークチェアのひじ掛けを強く叩く音と、経歴なんかどうだっていいだろう、という邸の低い声が重なってモニターから流れていた。

「料理人歴は九年。どこの店で働いていたとか、そんなことを言わなきゃならないのか？　でかい店で修業を積んだ方が偉いってことか？」

喧嘩腰ですねと眉をひそめた山科に、邸はそういう男ですと拓実が言った。

「このインタビューは審査員も見ています。審査と直接関係はありませんが、悪い印象を与えるのはマイナスにしかなりません。本人もわかっているはずですが、闘争心を剝き出しにするのが彼のスタイルなんでしょう」

損だと思わないのかなと首を傾げた直子に、それが普通だろうね、と拓実が微笑んだ。

「でも、スタイルを変えればフォームが崩れるってこともある。彼にとっては、あれが自然体なんじゃないかな」

インタビューが続いているが、邸はまともに答えようとしなかった。〝別に〟〝特にない〟その二つの言葉を繰り返すだけだ。

「では……明日の決勝で何を作るか、まだ決めていないということですか？」

ディレクターの問いに、邸が呆れたような表情を浮かべた。

「戦う前に手の内を明かせって？　馬鹿じゃないのか？」

角張った顎を邸が強くこすった。苛立ちがモニター越しに伝わってくるようだ。

「何も考えずに決勝に臨む奴なんて、いるわけがない。わかりきった話だ。作戦？　もちろんある。だが、ここで言うつもりはない」

もういいだろうと腰を上げた邸を、ディレクターが制した。

「最後に、意気込みだけでも――」

誰が相手でも絶対に勝つ、と邸がカメラを睨みつけた。

「YBGでは味がすべてなんだろう？　それなら、俺が勝つに決まってる。当たり前のことを聞くな」

椅子を蹴り倒すような勢いで立ち上がった邸がモニターから消えた。ノイズが続いている。

三分で終わりか、と拓実が腕時計に目をやった。

「短気な男にしては、よく保った方だ」

俺が勝つに決まってると言い切ってましたね、と山科が取り出した手拭で広い額を拭った。邸の迫力に汗を掻いたようだ。

あんなこと、私には言えませんとため息をついた山科にADが声をかけた。

「予定より早くなって申し訳ないんですが、インタビューをお願いします。応接室まで来てください」

顔を強ばらせた山科の肩を、大丈夫ですよ、と拓実が軽く叩いた。

「ぼくが堂々として見えたと言ってましたけど、腋の下は汗だくです。あがるのはみんな同じですよ。自分のペースで質問に答えていれば、すぐ終わります」

苦手なんですと呻くように言った山科が、コロッセオを後にした。

7

応接室のドアを閉め、畜生、と邸は吐き捨てた。

テレビのインタビューは初めてで、あがっていなかったと言えば嘘になる。それを隠すために強気な態度で臨んだが、不遜な印象を与えただけだろう。

重い足取りで廊下を進んだ。和田の後でなければ、あんなことは言わなかった。

端正なルックス、流暢な受け答えをモニターで見ているうちに、苛立ちがつのり、自制が利かなくなった。

いつもこうだ、と邸は足を止めて壁を平手で叩いた。感情をコントロールできない。技量があっても店を追い出されるのはそのためだ。

俺のせいじゃない、と邸はもう一度壁を叩いた。父親が悪い。酒飲みですぐ暴力を振るうあいつがすべての元凶だ。

邸の父親も中華の料理人だった。腕は悪くなかったが気が短く、中国人というだけで謂れのない差別を受けることがあると、怒りを家族にぶつけるのが常だった。

小学校を卒業する直前、母が別の男と逃げていった。弟は連れていったが、邸は置き去りにされた。

父親の暴力に耐え兼ねて家出を繰り返し、中学卒業と同時に横浜の中華料理店に飛び込んだ。他に逃げ場はなかった。

親の虐待にあった子供のほとんどは人間不信に陥る。邸もそうだったし、拍車をかけたのは中国にルーツがあることだった。

日本に生まれ、育っても、中国人は中国人としてしか扱われない。オーナーが中国人の店でも、重用されるのは日本人コックだ。

能力が低くても、日本人というだけで昇進が早くなる。理不尽だ、という想いが胸の内にあった。

正当に評価されたことはない。その怒りを料理にぶつけてきた。誰よりも努力してきたつもりだ。

それなのに、何もうまくいかない。トラブルを起こしては逃げる、その繰り返しだった。誰も信じず、自分の腕しか信じないのはそのためだ。

今回のＹＢＧが最後のチャンスだとわかっている。エントリー四回目にして、ようやく決勝に進出できた。この機会を逃したら、もう次はない。

それなのに自分を抑えることができず、感情を爆発させてしまった。スタッフ、審査員たちも不愉快だっただろう。

落ち着け、と深呼吸を繰り返した。まだ取り戻せる。審査員たちを唸らせる料理を作ればいい。

顔を上げると、廊下を背の高い男が歩いてきた。オッサン、と邸は声を掛けた。

「山科さんだっけな……空気を悪くしちまって済まなかった。ちょっと苛ついて、あんなことを言ったが、そんなつもりじゃなかったんだ。オッサンは俺みたいに下手を打つなよ」

それどころじゃありません、と山科が両手を伸ばした。指先が細かく震えている。

「態度はとにかく、あなたは受け答えをしていました。私は何も話せなくなりそうです。その方がよっぽどまずいでしょう」

しっかりしろよ、と邸は山科の肩を強く叩いた。取材に慣れていない者が、インタビューにそつなく答えられるはずもない。

「俺が言うのもおかしな話だが、格好つけずにやりゃあいい。それだけのことだ」

頭を下げた山科が、女性スタッフと共に応接室へ入っていった。うまくやれよ、と邸は閉まったドアを見つめた。

8

　動線が問題ね、と直子が二台のシステムキッチンの間に立った。わかってる、と薫は小さくうなずいた。

　コロッセオ内には四十種類以上の調理機器があり、その確認もしなければならないが、メインとなるのはシステムキッチンだ。

　店であれば、シェフが調理し、他のスタッフはその補佐に回る。シェフの立ち位置は厨房の中央で、大きく動くことはない。

　だが、コロッセオではそうはいかない。薫と直子の二人だけで調理をするため、シェフの役割を務める薫も動かざるを得ない。

　料理人は誰でもそうだが、厨房の広さ、通路の間隔、調理機器の場所などを体で覚えている。頭ではなく、体が動線を決める。

　だが、コロッセオと店の厨房は違う。距離感や位置関係を把握していなければ、四十五分という制限時間内に五人の審査員、大会委員長の国丘、そしてインサート撮影用のトータル七皿を作ることはできない。

段取りを誤れば、取り返しのつかない事態を招く。ミスは許されない。動線の確認はマストだった。

薫は目をつぶり、アイランド型のシステムキッチンを中心に、頭の中でコロッセオの全体像を再生した。

最初は直子と並んで立ち、下拵えをすることになるのはわかっていた。後ろの棚にさまざまな調理機器が並んでいるが、その順番を思い浮かべた。

調理の過程では、必ずと言っていいほどミスが起きる。

そもそも完璧な調理などあり得ないが、コンクールにおいては緊張やプレッシャーもあるから、ある程度のミスはやむを得ない。

序盤のミスならやり直しも利くが、終盤では致命傷になりかねない。余裕を持って調理に当たるためには、極端に言えば目をつぶってでも問題が起きないように、イメージトレーニングを重ねるしかなかった。

実績、経験、実力、あらゆる要素を客観的に分析すると、自分が優勝する可能性は限りなくゼロに近い、と薫は思っていた。だが、まったくのゼロではない。

他のチャレンジャーとアシスタントより、自分と直子の絆は深い。勝機はそこにある。

小学一年生からの親友だ。何を考えているか、言葉にしなくてもわかる。コンビネーションに不安はなかった。

薫の指示を即座に理解し、先回りして動くことも直子ならできる。そのアドバンテージは小さくない。

すべてのピースが完璧に嵌まれば、と薫は目を開いた。他のチャレンジャーと互角に戦えるはずだ。

「山科さんの経歴を教えてください」

視線を上に向けると、モニターに山科の横顔が映っていた。頬の辺りがかすかに震えていた。

9

四年前まで家電量販店で働いていました、と山科は声を絞り出した。自分の声が遠くから聞こえてくるような感覚があった。

「入社してすぐ、家電製品アドバイザーの資格を取得したこともあって、店舗で商品説明をする部署にいました。四十歳で辞めたんですが、その時はオーディオ製品フロアのチーフマネージャーでした」

「では、大学を卒業してから約十八年間、サラリーマンだったわけですね?」

そうです、と山科は手拭で額に浮いていた汗を押さえた。座っているのに、宙に浮いているようだ。

「四十歳から京都の『あじ京』で修業を始めたということですが」中畑がパソコンの画面に視線を落とした。「その年齢からのスタートというのは、かなり重い決断だったと思います。不安はありませんでしたか?」

山科は手拭を作務衣の懐に戻した。どこまで話すべきなのか。

不安しかなかったですと答えたが、自分の声が震えているのがわかった。

「安定した職業についていたにもかかわらず、料理の世界に飛び込んだきっかけは何だったんでしょう?」

妻と娘以外、料理人になると決めた理由を話したことはない。だが、今なら話せるという思いがあった。

「私が三十八歳になった年、会社がＡＩ搭載のヒューマノイドタイプのロボットを開発しました」お客様が情報を入力すると、自動的にニーズに最も適した商品を提案するロボットです、と山科は説明した。「こだわりのあるお客様にとって、家電アドバイザーの存在は非常に重要ですが、会社としては人件費の削減、コストカットの方が大きな問題だったんでしょう。このロボットが各店舗に導入されると、私たち家電アドバイザーは他部署に異動になりました。処遇を不満に思った同僚の中には、辞表を出した者もいます。ですが、私はそうもいきませんでした。妻と娘がいましたので……」

「わかります」

「ですが、どうにも気が重くて、夏休みに妻と娘を連れて京都へ行ったんです。食べることが好きでしたし、子どもの頃は料理人になるのが夢でしたから、美味しい料理でも食べれば、リフレッシュできるんじゃないかと思ったんですね。どうせ行くなら、有名な『あじ京』を予約したんです」

「そこで『あじ京』と繋がるんですね」

驚きました、と山科はうなずいた。いつの間にか、背筋が伸びていた。

「美味しいという以上に、感動している自分がいました。誰もが認めるように、京料理では日本一の店ですし、私のような素人に何がわかると言われたら、その通りかもしれません。ですが、何もかもが素晴らしかったんです。席に座っていると、空気は張り詰めているけれど、すべてが温かく、優しかった……圧倒されました。ここで働きたい、いや、店を出た時には『あじ京』で働くと決めてました」

「それが三十八歳の夏ですね？　しかし、実際に会社を辞めたのは四十歳の時だったと……」

妻に猛反対されました、と山科は言った。

「娘はまだ中学二年生でしたから、当然のことです。逆の立場なら、私だって同じように反対したでしょう。でも、私はどうしても『あじ京』で働きたかった。それから二年間、妻と何度も話し合いました。今だから言えますが、会社での仕事を終えた後にビルの清掃や警備員のバイトをして、金を貯めたんです。娘の高校の学費だけは払えるようにしたい、その一心でした」

「それから？」

「娘を高校に入れると、妻も諦めたんでしょうね。そんなにやりたいなら、勝手にしなさいと言ってくれました。すぐ退職願を出して、その足で京都に向かい、『あじ京』の吉川（よしかわ）の親父さんに直談判したんです。弟子に取ってもらうまで、三ヵ月ほどかかりました」

「紹介者はいなかったんですか？」

思い出すだけで冷や汗が出ます、と山科が短く刈った頭をがりがりと掻いた。

10

山科のインタビューが続いている。棚に並べて置かれていたグリラーとサラマンダーのヒーター出力調整スイッチをチェックしていた薫に近づいた令奈が、モニターを指さした。

「山科さんは自分の仕事にプライドを持っていた。でも、それなのにお前のやってることなんか、ＡＩロボットで十分だって言われたわけでしょ？　そんな時に『あじ京』に行って、心が動いたのはわかる。でも、ちょっとずるいよね。あんな話を訥々とされたら、審査にも影響するんじゃない？」

冗談なのはわかっていた。チャレンジャーの経歴やインタビューの内容は審査の対象外だ。

緊張しているから、あんな話し方になってるんですと薫は言った。

「控室では、もう少し落ち着いていました。あがっているだけで……」

あれが演技だったら、と令奈が微笑んだ。

「料理人じゃなくて役者になった方がいい……控室では『あじ京』の門を叩いたって言ってたけど、誰かに紹介されたんだと思ってた。吉川の大将が飛び込みの弟子を取るなんて、聞いたことがないし」

吉川幸透（さちと）は江戸時代から続く『あじ京』の十七代目で、京料理の伝統を継承している伝説の料理人だ。和食界を代表する名人と言ってもいい。

熱意を感じたんだろう、と拓実が話に加わった。

「吉川の親父さんは厳しいけど、頑（かたく）なな人じゃない。山科さんの話を聞いて、覚悟があるってわかったんじゃないか？　京料理の最後の守り人って言われてるけど、フレンチや中華の食材や手法を取り入れたり、柔軟な考え方ができる人だ。人情味もある。三ヵ月通い続けた山科さんを、追い返すことができなかったんだろう」

でも三無ですよね、と薫は言った。『あじ京』の修業は無給、無休、無理で三無、無茶を入れれば四無だと言う者もいるほど厳しいことで知られている。

「山科さん本人はいいとしても、奥さんや娘さんのことを考えると、無給っていうのは……」

大変だったはずだ、と拓実が肩をすくめた。

「でも、会社での仕事とは別にアルバイトをしていたと話していた。ある程度の貯金や退職金もあっただろうし、奥さんが働いているのかもしれない。それより、年齢のことが気になる」

「年齢？」

料理の世界では年齢より経験が重視される、と拓実が言った。

「『あじ京』では常時三、四十人が働いていると聞いたことがある。大半は二十代だ。そこに四十歳の山科さんが入ってきたら、周りもやりにくいさ。二十歳も上の人に、掃除やっとけなんて言えるかい？」

『あじ京』の修業は厳しいそうですね、とモニターから声が降ってきた。心が折れることはありませんでしたが、と苦笑する山科の顔がアップになった。

「体が折れそうになったことは、何度もありました。最初の一年は、本当に苦しかったですね。家電量販店では商品説明を担当していましたが、立ちっぱなしというわけじゃありません。でも『あじ京』では、賄い（まかない）の時間以外、ずっと立ったままです。ただ、同じ追い回しの若い衆が気を遣ってくれて……感謝しかありません」

いい人なんだよね、と令奈が言った。

「何ていうか、助けてあげたいって思わせる雰囲気がある。きっと優しいんだろうな」

人柄は料理に反映される。それは『イル・ガイン』のオーナーシェフ、滝沢の口癖だった。

薫もその意味はわかっている。料理人にとって最も重要な資質は、客を思う心だ。才能や経験があれば、美味しい料理を作るのは難しくない。だが、感動を与える料理は、選ばれた者にしか作ることができない。その根底にあるのは、客への思いやりだ。

山科にはそれが備わっているのだろう。吉川幸透はそこを見抜いたのかもしれない。

四年間の修業は、『あじ京』といえども、長い時間とは言えない。だが、料理に対する思い、他者への優しさは六人のチャレンジャーの中で最も強いのではないか。

誰かのため、懸命に料理を作る者は、時として自分の実力以上の料理を完成させることがある。自分はどうなのか、と薫はモニターを見つめた。

「では、明日の決勝に向けて、意気込みをお願いします」

うつむいた山科の口から、自信はありませんとつぶやきが漏れた。

「ですが……精一杯、できる限りのことをします。それだけです」

両手で頬を叩いた山科が腰を上げた。清々しい笑みが頰に浮かんでいた。

11

撮影用のライトが消えるのと同時に、額から滝のような汗が垂れてきた。どれだけ緊張していたのか、初めてわかった。

お疲れさまでした、と中畑が声をかけた。

「とてもいいインタビューになったと思います。ありがとうございました」

こちらこそと深く頭を下げ、山科は応接室を出た。勝ち目はないとわかっている。技術も経験も体力も、他のチャレンジャーに劣る。

四十五分間、一瞬たりとも気を抜けない。集中力が必要だが、それを支えるのは体力だ。

四十五分は短いようで長い。全力で戦い抜くことができるのだろうか。

廊下の奥から、賑(にぎ)やかな声が聞こえた。川縁令奈だとわかり、山科は壁に身を寄せた。

女性スタッフと笑いながら話していた令奈が目だけで挨拶をして、応接室に入っていった。

王女様にはかなわない、と山科はため息をついた。コロッセオに続く廊下が、果てしなく長く感じられた。

12

ブラストチラーは加熱した料理を急速に冷却できます、とメーカーの担当者が説明を始めている。

冷却機能によるもので、食材の香りや色合いをそのまま保存することができるのは、使ったことがあったので薫も知っていた。

ブラストチラーの性能について質問したが、意図が伝わらなかったのか、担当者は構造の説明を続けている。

そうではなくて、と言いかけた薫の肩をつついた直子が、彼は何をしてるのと囁いた。

視線の先にいたのは里中海だった。踵を上げ、しきりに頭を左右に振っている。

「……匂いを嗅いでる？」

首を傾げた薫に、そう見えるけど、と直子が小声で言った。

「何のために？　明日はピラミッドのオブジェに肉や魚介、野菜や果物が並ぶけど、今、キッチン・コロッセオに食材はないのよ？」

確かに、と薫はうなずいた。あの人はちょっと変わってる、と直子が眉をひそめた。

「システムキッチンだけをチェックして、調理機器には指一本触れてなかった。使わないってことはないでしょ？　どうやって料理を作るつもりなの？」

海が九枚の板で仕切られた食器棚に目をやった。さまざまな形の皿や器が正面を向いている。

チャレンジャーはＹＢＧ委員会が準備した皿、器に料理を盛り付けなければならない。それが公式ルールだ。

料理は目で食べるというが、どんなに美味しい料理でも、盛り付け、プレゼンテーションによって印象が良くも悪くもなる。料理人には美術鑑賞を趣味にする者が多いが、実益を兼ねた趣味と言えるかもしれない。

器を見ていた海が顔だけを薫に向けて、きれいですね、と微笑んだ。何を言ってるの、と前に出た直子の腕を薫は摑んだ。

他のチャレンジャーのことを考えている余裕はない。今は調理機器の確認が先だ。

だが、言いたいことがあれば黙っていられないのが直子の性格だ。年齢は海の方がひとつ上だが、関係ないとばかりに口を開いた。

「確かに、グランメゾンでもこれだけ多種多様な皿や器を揃えるのは難しいかもね。カラーリングのバリエーションも豊富だから、見ているだけで楽しくなる。だけど、これはコンクールで――」

うちの店は定員二十人なんです、と海が唐突に言った。

「四人掛けのテーブルが四つ、カウンター席が四つ、それで満席です。ポルトガル料理は大皿料理が多いんで、器のパターンはそれほどありません。取り皿、小皿の類はそれなりにあるんですけど」

どこか飄々（ひょうひょう）とした物言いに、薫は直子と顔を見合わせた。無意識なのだろうが、ユーモアを感じさせる話し方だった。

これだけ種類があるといろいろ工夫できそうです、と海が腕を組んだ。どういうことですか、と薫は思わず大声を上げた。

「さっきは食材を見るまで何も決められないと言ってましたけど、明日何を作るか、本当に考えていないんですか？」

何となくのイメージはここにあります、と海が自分の頭を指した。

「だけど、結局は食材次第じゃないですか。自分の目で確かめないと、メイン食材は決められません。あらかじめ決めていたレシピに従うより、食材を優先してその場で考えた方が、美味しい料理を作れるんじゃないかって……」

理屈はその通りだけど、と直子が一歩前に出た。

「ＹＢＧ委員会が品質の劣る食材を用意するはずないでしょ？　全部が全部とは言わないにしても、ある程度使う食材を決めておかないと、アイデアを考えるだけで時間が足りなくなる、それはわかってるの？」

「……どうしてそんなに真剣に器を見てるんですか？」

薫の問いに答えず、これなんか良さそうだな、と海がオーバルプレートを手に取った。

「アイデアと言えば、皿や器に合わせた料理を作ることもありますよね」

皿や器のデザイン、色から発想を得て、レシピを組み立てる者は少なくない。自らデザインを考え、器を自作する料理人もいるほどだ。

だが、料理コンクールにおいて、事前に何の準備もせず、インスピレーションだけに頼るというのは、無茶を通り越して無謀と言っていいだろう。

きれいな藍色です、と感心したように海が言った。

「何を作るか考えている時間が、一番楽しいですよね。何でもできそうな気がします……ぼく、間違ってますか？」

お好きにどうぞ、と直子が諦めたように背を向けた。

不思議な人だ、と薫は海の横顔を見つめた。他のチャレンジャーにはない何かが備わっているのがわかった。

13

審査員控室で、志帆はモニターに目をやった。手拭で首筋を拭きながら、山科が何度も頭を下げている。

実直そうな男だね、と隣の席に座っていた国丘が微笑んだ。

「『あじ京』で四年か……今、四十四歳だったね？　よく耐えたものだ。二十代でも一年保てばいい方だよ。そうだろう？」

一年どころか、と志帆は苦笑した。

「三日で逃げ出す人の方が多いぐらいです。わたしも何度か取材でお邪魔していますが、見ているだけで胸が苦しくなってくるほどでした。怒鳴りつけたり、手を上げたり、そんなことはしませんが、吉川さんはどんなに小さなミスも見逃しません。いったい目がいくつあるんだろうって、同行していたライターと話したものです。独特な緊張感がありますから……」

逆じゃないのか、と向かいの席で神宮司が口を開いた。

「こんなことは言いたくないが、若い奴らはプレッシャーに弱い。だが、あの男は四十歳で『あじ京』の門を叩いている。その歳で料理人になると決めたのは、よほどの覚悟があったんだろう。プレッシャーを感じている暇もなかったんじゃないか？　とはいえ、いざ決勝進出となれば、焦りもするさ。要するに、気が弱いんだよ」

神ちゃんはそう言うけど、と大竹が笑みを浮かべた。和食とフレンチ、ジャンルは違うが五十五歳と年齢が同じなので、昔から仲が良い。

「四十歳で新しい世界に飛び込むっていうのは、度胸がなけりゃできないよ。勇気って言った方がいいのかな？　神ちゃんにそんなことできるかい？」

面目ないと神宮司が頭を掻くと、控室に小さな笑いが起きた。

「ただ、あんなに気後れしてると、明日の決勝がどうなるのか心配だよ」そうでしょう、と大竹が左隣の席に顔を向けた。「邸くんでしたっけ？　彼ぐらい自信過剰なのもどうかと思いますがね」

財団法人中華料理会参事の王英彦(ワンひでひこ)がうなずいた。数年前、息子に赤坂唐明飯店(あかさかとうめい)を継がせて一線を退いたが、父親が始めた小さな町中華を名門店にしたその手腕は、誰もが認めている。天性の明るい性格もあり、今もメディアに登場する機会が多い。

「噂はちらっと聞いたことがあるけど、あそこまでとはねえ……若いうちは生意気ぐらいがちょうどいいって、うちのオヤジはいつも言ってたけど、あれは度を超えていたな。正直、印象は悪いよ」

国丘が空咳(からせき)をした。インタビューはあくまでも番組宣伝のためのものだ。審査の対象はあくまでも味で、料理人の人格は関係ない。

ただ、邸の態度が悪印象を与えたのは確かだ。先入観を持ってはならない、と注意するつもりが国丘にはあるのだろう。

おや、と笹山がモニターを指さした。

「お嬢様の登場だ。さすがに華やかだな」

全員の目がモニターに集中した。川縁令奈が椅子に深く腰掛け、微笑んでいた。

14

インタビューは審査と関係ない。ただ、それは建前の部分もある。

審査員たちの印象を良くしておいた方が、あらゆる意味でいい結果に繋がる、と令奈は小さくうなずいた。

ルックスには自信がある。モデルをしていたので、カメラ映りを良くする方法も知っていた。

顔の角度を左三十度に保ったまま、令奈はディレクターの中畑の質問を待った。

「それでは、簡単に経歴を教えてもらえますか？」

七年前、目白の自修館大学を卒業しました、と令奈は答えた。

「中学の時から父の店を手伝うようになり、フレンチの料理人になると決めていたので、大学と並行して国丘料理学院に通ったんです。正社員になったのは大学を卒業した後で、歴七年ということになりますけど、実際には十年以上料理人として働いてきたという自負があります」

「お父さんは有名な『ラ・フルール・ギンザ』のオーナーシェフで……」

父は関係ありません、と令奈は中畑の言葉を遮った。

「料理を教えてくれたのは父ですし、料理人として尊敬もしています。ですが、わたしは『ラ・フルール』でもアプランティ、見習いから始めています。特別扱いされたことはありません。今はスーシェフを務めていますが、それは正当な評価だと考えています」

語気が鋭くなっていることに気づき、令奈は小さく息を吸った。親の七光りと言われたくないという気持ちが、常に心のどこかにある。

料理人としての資質、技術はもちろんだが、誰よりも努力してきた。天才と呼ばれているが、地道な努力を積み上げてきたことが評価に繋がっている、という自信があった。

ただ、川縁辰雄の娘、というレッテルは剝がしようがない。令奈にとって、それがコンプレックスになっていた。

審査員たちは、自分の父親があの川縁辰雄だと知っている。むきになって否定すれば、印象を悪くしかねない。それは避けたかった。

「今回、YBGにエントリーした理由ですが……」

優勝する自信があるからです、と令奈は笑みを濃くした。

「三年前からYBGを意識するようになりましたが、出場するからには最高でも優勝、最低でも優勝でなければならない、と思っていました。自信を持って戦えるようになるまで二年かかったんです。心技体、全部が整ったというか……何だかアスリートみたいな答えになってますね」

決勝に進出した以上、優勝したいと考えるのは当然です、と中畑が苦笑を浮かべた。

「ただ、川縁さんの想いは他のチャレンジャーと少し違うような気がします。優勝を義務と考えているんでしょうか？」

その通りです、と令奈は首を縦に振った。

「優勝しなければならないという気持ちがあります。女性料理人の地位向上のためです」

「地位向上？」

日本に限らず世界的な傾向ですが、と令奈は感情を抑えて言った。

「かつては女性が厨房に入れない時代もありました。女性というだけの理由で、一流レストランで働くことが許されなかったことも……この二十年ほどで、その意識が変わりつつあると思いますが、まだ偏見は残っています。同じ技量でも男性が優位に立つ……それが現実なんです」

「そうかもしれませんね」

男性だから、女性だからという低い次元の話ではありません、と令奈は先を続けた。

「料理人には体力が必要で、そこは男性の方が優れているでしょう。でも、美的感覚、繊細さ、器用さ、いわゆるセンスでは女性の方が上の場合もあります。総合力で言えば男女は同等だというのがわたしの考えで、それを証明する場として、ＹＢＧは格好の舞台だと思いました。過去、ＹＢＧで女性が優勝したことはありません。わたしが優勝すれば、料理人としての能力に男女差はないと証明できるでしょう」

最後に意気込みをお願いします、と中畑が言った。改めて言いますが、最高でも優勝、最低でも優勝です、と令奈はカメラを見つめた。

自信過剰に映らないように、あえて淡々とした声で言った。微笑んだ令奈に、終わりますと中畑が言った。

15

コロッセオには四十台以上の調理機器があるが、すべてを使う必要はない。ただ、すべてを把握しておかないと不安になるのが薫の性格だった。

ピラミッド形のオブジェの上に設置されているモニターから、令奈の声が流れている。強気だね、と隣にいた直子が囁いた。

「最高でも優勝、最低でも優勝って、昔の金メダリストみたいなことを言ってる。よっぽど自信があるんだろうな」

令奈さんにはそれだけの実力がある、と薫は小声で言った。

「『ラ・フルール・ギンザ』のスーシェフを務めているのは、親の七光りじゃない。令奈さんが自分の力で勝ち取ったポジションで、過信でも慢心でもなくて、優勝できる確信があるってこと」

実力には自分自身を信じる要素も含まれる。自分にないのはそれだ、と薫はつぶやいた。

小学生の時、テレビの料理番組を見て、コックコート姿に憧れた。卒業文集にも〝おとなになったらコックさんになる〟と書いたほどだ。

その夢は変わらず、家政科のある高校を選び、夏休みには叔父が開いているカフェでアルバイトをした。少しでも料理に近い場所にいたかった。

高校を卒業してからは、ファミリーレストラン、そしてトラットリアで働き、今は宮城県内で最も有名な『イル・ガイン』でロスティチェーレを務めている。厳しい修業に耐え、努力してきたからこそ勝ち得たポジションだ。

だが、自信は持てないままだった。高校の成績は良くなかったし、『イル・ガイン』でも同期の者が上に立っている。

技術の習得に時間がかかるたちで、気になることがあるとどこまでも考えてしまう。決断力の不足が自信のなさにつながっていた。

あたしはあんなこと言えない、と薫は苦笑した。

「優勝できるとも思ってない。決勝に進出できただけでもラッキーだと……」

変わらないよね、と直子が肩をすくめた。

「あたしは薫が優勝すると信じてる。それだけの力があるんだよ。わかってないのは薫だけ……ここでこんなことを言っても始まらないけど、少しは令奈さんを見習ったら？」

「やるだけのことはやるけど……」

薫の横を通り過ぎたADが海に声をかけた。インタビューの順番が近づいているのだろう。

海がコロッセオを出て行った。次は自分だと思った時、ため息が漏れた。

16

応接室を出ると『ラ・フルール・ギンザ』の三人のスタッフが待っていた。令奈は決勝でアシスタントを務める安藤に、あれで良かったかなと尋ねた。

「優勝って何回も言い過ぎたかもしれない。ガツガツした印象を与えたら損でしょ？」

そうは思いません、と安藤が言った。令奈より一歳下だが、センスの良さを見込んでアシスタントに選んでいた。

地味だが、誠実な人柄には信頼を置いている。見えすいたお世辞を言うような男ではない。

「それならいいんだけど」廊下を歩きながら令奈は言った。「あれでも抑えたつもりだったのよ。もっと言いたいことはあった。でも、言い過ぎるのも良くないし……」

女性料理人の地位向上のために優勝しなければならないというのは、と安藤が言った。

「大きく出過ぎたような印象もあります。ですが、ＹＢＧの趣旨には、今後女性料理人が活躍できる場を作ることも含まれています。スーシェフの真意は伝わったでしょう」

早足で歩いているADとすれ違った。その後ろに続いていた海が小さく頭を下げ、応接室に入っていった。

「彼のことを知ってますか?」

安藤の問いに、プロフィールに載ってたこと以外は何も、と令奈は首を振った。里中海、リーバンで検索したんですが、と安藤が持っていたタブレットに触れた。

「特に何も出てこなくて……長崎市内の小さなポルトガル料理専門店のようです。口コミでの評価は高いんですが、数が少ないので参考にはならないでしょう。メディアに取り上げられたこともありません。審査の動画は見ましたが、未熟にさえ感じられたほどです。どうして決勝に進出できたんでしょう?」

そんなこと聞かれても困る、と令奈は顔をしかめた。

「あたしにわかるわけないでしょ? ただ、ポルトガル料理はまだそれほど知られていない。専門店も少ないから、そこが斬新に映った……そういうところはあると思うけど」

それだけでしょうか、と安藤が足を止めた。他に考えられないと令奈は言ったが、里中海には何かがあるとわかっていた。審査員たちもそれを感じ取ったのだろう。決勝で最大の敵になるのは和田拓実だ。その確信はあったが、海は違う意味で強敵になる。直感がそう告げていた。

考え過ぎてはならない、と令奈は頭を振った。最後は自分との戦いだ。ベストを尽くせば必ず勝てる。

戻りましょう、と安藤が言った。無言のまま、令奈は先に立って廊下を進んだ。

17

志帆はモニターを見つめた。映っているのは里中海だ。

妙な話だよ、と志帆の視線に気づいたのか、笹山がうなずいた。

「最終的に決めたのは我々だから、こんなことを言うのもおかしいんだが、誰かが積極的に推したわけでもない……どうして彼が決勝に残ったんだ？」

ＹＢＧではエントリーから最終審査まで、すべてをウェブ上で行っている。第十回大会全エントリー者九百四十二名の中から最終審査へ進んだのは三十名だった。

国丘、そして五人の審査員が三十名の調理動画を見て、技量、斬新さ、丁寧さ、アイデア、その他さまざまな要素を勘案し、それぞれ上位三名に投票した。

最初の投票で満票を獲ったのは、和田拓実と川縁令奈の二人だった。里中海に票を投じたのは国丘だけだ。

手際が良いという印象こそあったが、特に目立っていたわけではない。他の審査員が海に票を入れなかったのは、当然の結果と言っていい。

二回目の投票は、一回目で一票でも入っていた者が対象となる。この時は五票を集めた邸が選ばれた。ただし、国丘に加え、神宮司も海に票を入れていた。

三回目の投票で満票を獲得した浅倉薫が決勝進出を決め、残り二つの枠を誰にするか、審議が始まった。

対象は三票を取った四人で、その中に海がいた。国丘、神宮司に続き、海に票を投じたのは志帆自身だった。

積極的に推したつもりはない。国丘、そして神宮司も同じだろう。

ただ、どこか気になるところがあった。強いて言えば、誰よりも料理を楽しんでいるように見えたからだろうか。

その後、審議が一時間ほど続いたが、ほとんどは山科の年齢をどう判断するかに費やされた。海が選ばれたのは五人目で、強く反対する者はいなかった。

「ポルトガル料理っていうのが大きかったのかなあ」笹山が何度か首を捻った。「ジャンルは関係ないっていう建前はあるけど、チャレンジャーのバリエーションを広げたいっていう気持ちがないわけじゃなかった……気づいたら彼に決まっていた、そんな印象がある」

経歴を教えてください、というディレクターの声がモニターから流れた。聞きましょう、と志帆はソファに小さな体を沈めた。

18

「先月、二十七歳になりました。長崎の『リーバン』というポルトガル料理店で働いています」

好奇心に満ちた目で、里中海がカメラを覗き込んでいる。変わってる、と中畑は思った。

インタビュー撮影の主な目的は宣伝のための素材作りだ。審査にも直接影響しない。

ただ、チャレンジャーたちはこの映像がテレビで流れることを知っている。『ヤング・ブラッド・グランプリ』は人気も高く、BSテレビJとしても力を入れている番組だ。誰であれ、そこは意識せざるを得ない。

ここまで四人のチャレンジャーにインタビューしてきたが、全員が肩に力が入っていた。怒って席を立った邸はその典型だ。

この男は違う、と中畑は海の顔を見つめた。二十七歳というが、大学生と言っても通用するだろう。

作った笑顔ではなく、自然な笑みが浮かんでいる。不思議なくらい気負いがなかった。

「里中さんはどうしてポルトガル料理を選んだのですか?」

母の店だからです、と海が答えた。

「生まれたのは長崎ですが、商社マンだった父がポルトガル支店へ赴任することが決まったので、母とぼくも一緒に行くことになりました。小学校に上がる直前です。母の祖父はポルトガル人で、日本に留学していた頃、ぼくの曽祖母である日本人女性と結婚したのですが、縁があったんでしょうね。祖父母がポルトガルで料理店を開いていたのも、縁だったのかもしれません」

「では、里中さんにもポルトガル人の血が流れているわけですね?」

うなずいた海が、その後も父の転勤は続きましたと言った。

「スペイン、モロッコ、ブラジル……二年ぐらいで次に移る、その繰り返しです。ぼくは子どもでしたから、それが当たり前だと思ってましたし、困ったこともありません。子どもの方が環境に慣れやすいんです」

「言葉もすぐに覚えたでしょうしね。その後は？」

母には辛かったようです、と海がため息をついた。

「赴任先でも父は出張が多く、すれ違いが多くなって、一緒にいる時は口論ばかりで……ぼくが十二歳の時、二人は離婚しました。母はぼくを連れてポルトガルに戻ったんですが、祖母が店をやっていたので、手伝ってほしいと言われたのかな？　その辺りはよく覚えていません」

「店というのは？」

日本で言えば定食屋ですね、と海がうなずいた。

「祖父は亡くなってましたから、祖母が一人で切り盛りしていたんです。もう七十歳近かったはずですが、人気があって、閉めるに閉められなかったと聞きました。ポルトガルに行くと、祖母は店をほとんど母に任せて、孫のぼくの世話をするようになったんです。優しいおばあちゃんで、僕も懐(なつ)いていました」

「では、里中さんが本格的にポルトガル料理と出会ったのは、その頃でしょうか？」

「そうですね。最初にポルトガルへ行った時は、六歳とかそれぐらいでしたから、特に意識していませんでした。母が祖母に店を任され、ぼくも手伝うようになって、これがポルトガル料理なんだ、とその時思いました」

「なるほど」

その後、祖母は体調を崩して、ポルトガルの老人ホームに入りました、と海が苦い表情を浮かべた。

「ぼくが高校三年になった頃です。料理を作っていたのは母でしたが、仕入れとかは祖母の顔でやっていたので、店を続けるのは難しかったはずです。それに、母はぼくを日本の大学に入れたかったんでしょう。亡くなった祖父は長崎出身でしたので、長崎に帰ることになったんです。その年の秋に日本に戻り、ぼくは長崎の私大に入学しました。経歴はそんな感じです」

長くなってすみませんと小さく頭を下げた海に、次の質問に移ります、と中畑は言った。

19

薫はモニターを見つめていた。海のことが気になっていた。

自分も含め、他のチャレンジャーと明らかに何かが違う。その何かが知りたかった。

隣に立った令奈が、変わってるねとつぶやいた。邸がメーカーの担当者にサラマンダーの仕様を確認する大声が後ろから聞こえている。

近づいてきた拓実が、面白そうな男だと言った。

「あれだけ落ち着いているのは、神経が図太いのかな？　誰だって、テレビの撮影となれば身構えるさ。でも、彼は自然体で話している……決勝で実力を発揮するタイプだな」

そうかもしれないけど、と令奈が言った。

「ポルトガル料理は、何度か食べたことがあるし、美味しい店があるのも知ってる。でも、結局は郷土料理っていうか、はっきり言えばローカルフードよ。違う？」

手厳しいね、と拓実が苦笑した。

「そういう側面があるのは否定しないよ。コンクールで不利なのも確かだ。それでも、彼は決勝に進出している。ハンデを乗り越えて勝ち残ったってことだ。彼の料理を食べてみたい、と審査員に思わせる何かがあったんだろう」

YBGは他のコンクールと違う、と令奈が首を振った。

「BSの特別番組になるぐらい人気のあるコンテンツよ。テレビJはコンクールの運営や内容には一切口を出さないことになってるけど、審査員だって忖度ぐらいするわよ。今までなかったジャンルの料理人を決勝に残した方が盛り上がる……そう考えてもおかしくないでしょ？」

浅倉さん、と声がかかった。ADが手を振っている。

「そろそろインタビューの時間です。来てください」

ため息をついた薫の両肩を、大丈夫だって、と直子が背後から叩いた。

「格好をつける必要なんてない。里中くんを見てよ、全然カメラを意識してない。あれでいいんだって」

ADが先に立って歩きだした。その後に薫は続いた。

20

ペースが狂う、と中畑は腕時計に目をやった。里中海のインタビューが始まってから、六分が経過していた。

インタビュー時間は、一人十分が目安だ。五分経過した時点で次のチャレンジャーを呼ぶようにADに指示していたが、目の前にいる少年の面影（おもかげ）を持つ海への興味は募るばかりだった。

聞いてみたいことが、次から次へと浮かんでくる。こんなチャレンジャーは初めてだ。

「大学へ入ったところまでは良かったんですが」海の話が続いている。「まともに行ったのは最初の一年だけで、その後は世界中を旅していました。最初はカナダだったかな？　休学したり、ワーホリで行ったり、その間に日本でアルバイトをして旅費を貯めたり……北欧、インド、メキシコ、そんな感じです。小さい時からいろんな国を回っていましたから、放浪癖みたいなものが身についていたのかもしれませんね」

「では、大学は？」

一昨年やめました、と海が白い歯を見せて笑った。

「一応、三年にはなっていたんですが、卒業できる見込みがなくて……日本に戻ってから、母は『リーバン』を開いていました。ポルトガル料理がメインですけど、何でも作る町の定食屋です。料理は昔から好きでしたし、祖母の店を手伝っていたこともあって、母の店で二年ほど働いてから、調理師免許を取りました。試験自体はそれほど難しくなかったですし……」

「調理師学校に通ったとか、他店で修業したことは？」

ありません、と海が即答した。

「料理を教えてくれたのは、祖母と母です。どうしてYBGの決勝に残れたのか、自分でもわかりません。出てみたらと勧めたのは母で、何となくエントリーしてみたら、いつの間にか……一番驚いているのは、ぼくですよ」

「最後に、決勝に向けて意気込みをお願いします」

YBGについて詳しいことは知りませんでした、と海が口を開いた。

「前回の大会だけはアーカイブ映像で見ましたけど、他には何も……意気込みと言われても、特にありません。うちの店ではその日仕入れた食材、お客さんの顔を見て、メニューを決めます。美味しいと言ってもらえる料理を作れたら、それで十分だと思ってます。ＹＢＧでも同じで、いつも通りやるだけです」
終わりましょう、と中畑は言った。インタビューを始めてから、十三分が経ってい
た。

21

ＡＤがドアを開けると、そこに海が立っていた。薫に目を向けた細身の中年男が、
カメラマンに指示を出している。
「大丈夫ですか？　顔色が悪いですよ」
心配そうに声をかけた海に、緊張する、と薫は蚊の鳴くような声で言った。
「里中さんはすごいですね。自然に話してましたけど、あたしには絶対無理です」
何も考えてませんから、と海が笑みを浮かべた。
「いつも友達に笑われていますよ。少しは真面目にやってくれって……店のお客さん
に怒られることもあります。しょっちゅう笑ってるけど、何がそんなに面白いんだ、
みたいなことを言われるんです。顔で損してるのかもしれませんね」
微笑んだ薫に、その調子ですと海がうなずいた。

「テレビだ何だ、そんなの関係ないですよ。正直言って、ぼくはコンクールにあんまり思い入れがないんです。優勝とか、そんなことはどうでもよくて、何かに出会いたかっただけなのかもしれません……すぐ終わりますよ。頑張って」

浅倉さん、とADが声をかけた。笑みを濃くした海の背中を見ているうちに、少しだけリラックスした自分がいることに、薫は気づいた。

22

シンクの深さを測りながら、直子は頭上のモニターに目を向けた。薫の顔がアップになっている。聞き取りづらいほど小さな声でインタビューに答えていた。

ずいぶん緊張しているな、と拓実が声をかけた。

「でも、気にしなくていい。流暢に答えたからって、味の評価が上がるわけじゃないからね」

「和田さんは堂々としてましたけど」

ぼくだってあがってた、と拓実が渋い顔になった。

「慣れの問題だ。テレビに出たこともあるし、インタビューや取材も積極的に受けるようにしている。ただ、あれだけ緊張していると、ちょっと心配だな。明日の決勝では三百人の観客の前で料理を作らなきゃならない。大丈夫かい？」

ご心配いただかなくても結構です、と直子は言った。

「薫の集中力には、いつも驚かされています。コロッセオに入れば、セットが壊れても料理を作り続けますよ」

そうでないと困る、と拓実が頭を搔いた。

「決勝が盛り上がって、チャレンジャーたちが全力を尽くして戦い、その上でぼくが優勝する。それが理想のシナリオだ。浅倉さんに限った話じゃないが、実力を発揮してもらわないとね」

さらりと言った拓実に、直子は感心していた。自分が優勝すると信じて疑わないから、嫌みに聞こえない。絶対的な自信があるからこそ、出てきた言葉だ。

薫の内面には、秘めた強さがある。それはよくわかっていた。

決勝進出の通知が届いてから、毎日連絡を取り合い、レシピを考案し、試作を重ねてきた。審査員からはノーマークだろうが、優勝してもおかしくない、と直子は信じていた。

高校で成績が悪かったのは、教わったことをそのままできない性格のためだ。塩を足せば、あるいは引けばどうなるか、試さずにいられない。納得がいくまで、理想の味を追い求める。

教師にとっては迷惑な生徒だっただろう。指示に従わないのだから、評価が低くなるのは当然だ。

薫には誰よりも料理に対する愛がある。探求心と言い換えてもいいが、九十九点でも満足しない。百点以上を目指す。すべては料理を食べる人の笑顔のためだ。

ただ、上がり性で人前に出ることに慣れていないのも本当だった。性格だから、簡単に直せるものではない。

フォローするのが自分の役目だ、と直子はモニターに視線を向けた。目を見開いたまま、薫がフリーズしているように見えた。

23

経歴を教えてください、とディレクターに言われたところまでは覚えている。名前と店名は答えたが、年齢を言うのを忘れたと気づいて、頭が真っ白になった。

自己アピールが下手で、それ以上に苦手だった。言葉が足りずに誤解されたり、真意が伝わらないこともよくあった。

高校の同級生からは、損してるよと忠告されたが、気にはならなかった。無理をして前に出ようとは思わなかったし、理解してくれる友人もいた。

料理人としては、まだ修業中の身だ。ゆっくり慣れていく方が性に合っていた。

だが、今はそうも言っていられない。ＹＢＧはコンクールで、そこには勝ち負けがある。審査員も人間だから、インタビューで好印象を与えた方が得だろう。

わかってはいたが、自分を取り戻すまでに時間がかかる。何を聞かれているのか、質問の意味さえ把握できず、まばたきを繰り返すしかなかった。

髪の毛を伝わって、汗が鼻の頭に溜まった。見かねたのか、ティッシュペーパーを渡したディレクターが、拭いてくださいと言った。

「最後に意気込みをお願いできますか？」

意気込み、と薫はつぶやいた。何を言えばいいのか。

「……とにかく、自分にできることを精一杯やるだけです……基本に忠実な料理を作ろうと思ってます」

左右のスタッフに目をやったディレクターが、ありがとうございましたと言った。これ以上続けても意味はないと思ったようだ。

「終わりにしましょう。まだ時間はありますから、コロッセオの下見と確認を続けてください。お疲れさまでした」

ありがとうございました、と薫は頭を下げた。ADがドアを開けている。頰に苦笑が浮かんでいた。

薫は廊下に出た。雲の上を歩いているように、足元がおぼつかなかった。

24

モニターが暗くなった。映っているのは茶色のアンティークチェアだけだ。

審査員たちがコーヒーカップに口をつけている。終わったな、と国丘が言った。

「彼らの経歴には目を通しているが、開会式を除けば最終審査の調理動画を見ただけだ。それぞれのパーソナルな情報を詳しく知っているわけじゃない。だが……非常に個性的なチャレンジャーが集まったと言っていいんじゃないかな？」

わたしもそう思います、と志帆はうなずいた。第一回大会から審査員を務めているのは自分と笹山だけだ。国丘の言葉の意味はわかっていた。その通りです、と笹山が銀髪を手で梳いた。

「第十回大会は、過去最高の名勝負になるでしょうね」

節目にはそういう力があるものだ、と神宮司が言った。

「選んだのは我々だが、偶然じゃない。彼らが集まったのは必然だ。国丘さん、あの六人の戦いが楽しみだね」

これまでにないハイレベルな激戦が繰り広げられるのは間違いない。チャレンジャーにとって苛酷な戦いとなるだろう。

審査する側も同じだ。神経を研ぎ澄まし、集中して審査に当たらなければならない、と志帆は両手を強く握った。

明日は長丁場になる、と国丘が時計を見た。

「今日はここまでとしよう。明日のためにコンディションを整えておかないとね。我々はもう若くない。体力では彼らに勝てんよ」

お先に、と大竹と笹山が立ち上がり、神宮司と王が続いた。

どうした、と国丘がハンガーに掛けていたコートを取った。

「出ないのか？」

もう少しここで考えますと言った志帆に、外で待っているとうなずいた国丘が廊下に出た。

（我々はもう若くない）

閉まったドアに目をやった。国丘の言う通りだ。

『Pro's Restaurant』の編集長を任され、無我夢中で走り続けてきたが、これからは厳しくなるとわかっていた。

二十代の終わりまで、志帆も料理人を志す者の一人だった。資質も才能もあったはずだが、何かが足りなかった。努力で手に入れることができない何かだ。

それを悟り、経験を生かして料理人を取材する側に廻った。その決断に後悔はない。

七〇年代の末期、まだパスタがスパゲッティと呼ばれていた時代を経て、バブル期の隆盛、そして、その後停滞した料理業界をつぶさに見てきた。現役の編集者として、誰よりも経験は長い。

だが、料理を味わうにも体力がいる。好奇心も必要だ。フットワークも軽くなければならない。

数年前から、ルーティンで仕事をこなす自分に気づいていた。手を抜いているのではなく、心と体がついていかない。それが今の自分だ。

この大会で審査員を辞める、と決めていた。もうその資格はない。後進に道を譲るべきだ。

一抹の寂しさがあった。老いを認めるには勇気がいる。未練がまったくないと言えば、嘘になるだろう。

それでも、と腰を上げた。ここが潮時だ。このまま続けていても、誰のためにもならない。

YBGの審査員、そして編集長の職を辞す。考えていたのはそれだけだった。

Competition

3

作戦会議

1

ダイバーズホテルのロビーで合流したマネージャーの山口(やまぐち)、安藤以下三人のアシスタントに、座ってと令奈は言った。

YBG委員会が用意したのは、ダイバーズホテルのデラックスルームだった。規模こそ小さいが、徹底した顧客サービスで有名なホテルだ。

デラックスルームと言っても、他のホテルならセミスイート、あるいはスイートルーム並の広さがある。

令奈は奥のソファに、そして安藤を中心に三人のアシスタント、そして山口がテーブルについた。安藤がリモコンを操作すると、大型テレビに録画した開会式の様子が映し出された。

四時半か、と令奈が壁の時計に目をやった。

「誰か、紅茶を……やっぱりペリエでいい。みんなも何か飲むでしょ？　あと、何か甘いものが欲しい。開会式やインタビューで神経を使ったから、脳が疲れてる。糖分を補給したい」

ルームサービスを頼みましょうか、と山口が腰を浮かせたが、その前に安藤が大きなバッグからクッキー缶を取り出し、冷蔵庫から出したペリエのボトルと共に令奈の前の小テーブルに置いた。鎌倉「レ・ザンジュ」のプティ・フール・サレだ。

ありがとう、と令奈は一枚のクッキーを手に取った。

「ここからは確認よ。安藤くんは他の二人とコロッセオのシステムキッチンや調理器具について、三時間以内にレポートをまとめて。あたしが気づかなかったこともあるはず。疑問点があれば質問するから、答えられるようにしておくこと」

了解です、と安藤がうなずいた。山口マネージャー、と令奈は顔を左に向けた。

「明日の食材について、調査結果は？」

こちらに、と山口が数枚のレポート用紙をテーブルに置いた。びっしりと食材の名称、産地等の情報が書き込まれている。

すべての食材はＹＢＧ委員会が準備するが、傾向もわかるし予測もついた。十一月初旬という時期を考えれば、食材は限定される。

どれも最高級の品質だ。取り扱う業者もほぼ決まっている。調べるのは難しくなかったし、ルール違反でもない。

「決勝はあたしが最初よ。ラッキーだった。食材のかぶりを考えなくていい。決めていた通り、子牛のコンポジションでいく」

決勝ではエントリーが早い者から順に調理をするとルールで決まっている。ただし、自分のエントリーナンバーは決勝進出者が発表されるまでわからない。

順番については、個人の考え方で捉え方が違ってくる。それぞれに有利、不利があるが、早い方がアドバンテージが大きいと考える者が多い。

自分の得意な料理を作ることができるのは、メリットと言っていい。自分の前のチャレンジャーが同じ食材、同じ方向性の料理を作った場合、後の方が印象が弱くなるから、状況に応じて変更しなければならなくなる。各チャレンジャーが複数のレシピを準備しているのは、そのためもあった。

食材は十分な量が用意されているが、細かく言えば同じ肉でも品質に違いがある。順番が早い者の方が選択の幅が広いので、それもメリットと言えるだろう。

デメリットになるのは、心理的な部分だ。トップである令奈は前のチャレンジャーの調理を見ることができない。

観客の反応もトップとラストでは違う。プレッシャーを感じる者もいるだろう。

ただ、令奈はそれほど気にしていなかった。コロッセオに立てば、ノイズは消える。集中すれば問題ない。

「完璧な料理を作る。そうすれば必ず優勝できる」

コンクールにおいて重要なのは、攻めの精神だ。強気で臨まなければ、勝利は得られない。

自信過剰と言われることがあるが、その性格はコンクールの場合有利に働く。失敗を恐れて萎縮すれば、料理の完成度が落ちる。強引かつ大胆なぐらいでちょうどいい、と令奈は考えていた。

フレンチの場合、肉であれ魚であれ、調理には必ず火入れの工程がある。ぎりぎりのラインまで攻めなければ、最高の味にはならない。

強気、強引、大胆といっても、乱暴に調理するわけではない。細心の注意を払い、繊細な部分にも気を遣う。

フレンチは芸術で、優美でなければならない、という信念が令奈の中にある。臆病な者が作る料理からは臆病な味しかしないというのは、父の口癖でもあった。

あたしは試作動画を見直す、と令奈はもう一枚クッキーを手にした。

「七時半になったら、ルームサービスで軽く食事して解散よ。アシスタントは十時までにこのホテルを出なければならない。ＹＢＧのルールには従わないとね」

安藤が二人のアシスタントと小声で話し始めた。令奈は自分の試作動画と山口のレポートを交互に見て、ペリエに口をつけた。

2

グラスに注いだペリエを片手に、リラックスした姿勢で調理動画を見ている令奈の姿に、安藤はかすかな不安を感じていた。

中学卒業後、川縁辰雄のもとを何度も訪れ、内弟子になったのは十三年前だ。令奈のことは誰よりもよく知っている。名人・川縁辰雄の正統な継承者は令奈しかいない。

卓越した技術の持ち主であり、生まれついての料理人と言っていい。令奈の腕には全幅の信頼があった。

ただし、調理の工程にはアクシデントが付き物だ。完全主義者の令奈はすべてをコントロールしようと考える。

だが、リカバリーが困難な場合、どう対処するのか。安藤の不安はそれだった。

幼い頃から川縁辰雄の愛娘としてさまざまなメディアに登場し、ルックスの良さもあってモデルとして活躍していた時期もある。世間から〝親の七光り〟と陰口を叩かれることもあった。

天才と呼ばれているが、実際には努力によって勝ち得た称号だ。にもかかわらず、〝川縁辰雄の娘だから〟、〝環境に恵まれているから〟と悪評が先に立つ。令奈がどれだけ傷ついたかは、誰にもわからないだろう。

自分を守るために、固い殻を作った。誰の意見も聞かず、独善的な思考に陥りやすい欠点がある。アクシデントやミスがあった時、一体どうなるのか。

令奈には怯えもあるはずだ。負ければ今までの努力が水の泡となる。川縁辰雄の七光り、というレッテルもそのままだ。

誰よりも勝ちたいと願い、誰よりも敗北に怯えている。そのプレッシャーは計り知れない。令奈は耐えられるだろうか。

だが、安藤には何もできない。令奈自身が克服するしかなかった。

鼻歌が聞こえた。余裕があるという演技だ、と安藤にはわかっていた。

3

よろしくお願いします、と後ろ手にドアを閉めた山科が深々と頭を下げた。止めてください、と国丘料理学院の卒業生で、銀座の名店『あんざき』の追い回しを務めている井藤は手を振った。

「自分は今年の三月に卒業したばかりで、まだ駆け出しの身です。年齢も山科さんの方が上ですし、経験も……」

歳は上ですが、と苦笑を浮かべた山科がソファを指した。

「経験は四年しかありません。和食の世界で四年というのは、素人と同じです。わたしは井藤さんのように、専門学校で学んだわけでもなく、『あじ京』では押しかけ弟子に過ぎません。あなたの方が料理をわかっている、と思っています」

ソファに腰を下ろし、井藤は作務衣姿の山科を見つめた。謙遜ではなく、本心から言っているのがわかった。

決勝ではアシスタントが一名つく。それがYBGの公式ルールだ。

多くの場合、チャレンジャーが働く店の同僚、後輩、あるいは料理学校等の友人、家族がアシスタントを務める。時間制限のあるコンクールでは意思疎通が重要になるので、その方が有利だ。

ただ、店の了解がなければ、同僚あるいは後輩をアシスタントにすることはできない。ポジションが下であればなおさらだ。腕のある先輩が、わざわざ店の了解を取ってアシスタントを買って出るはずもない。

山科にとって不利なルールといっていい。『あじ京』は厳しい修業で有名だが、そのため人の入れ替わりが激しい。四十歳で料理の世界に飛び込んだ山科に、気心の知れた仲間はいないだろう。

アシスタントを準備できないチャレンジャーは、ＹＢＧ委員会が選んだ国丘料理学院卒業生がアシスタントにつく。井藤が選ばれたのは、同じ和食の料理人で、優秀だと認められていたからだ。

何でも言ってください、と井藤はうなずいた。挨拶程度しか話していないが、力になりたいと思わせる何かが山科にはあった。

「同じ和食の道を進む者として、精一杯頑張ります。『あんざき』では追い回しという立場ですが、それなりに料理を学んできたつもりです。弱気な態度で臨んでは、勝てるものも勝てません」

年上の人を励ますのは難しい。肩を落としてソファに座っている山科の姿は、百七十センチの井藤より小柄に見えた。

勝とうとは思ってません、と絞り出すような声で山科が言った。

「そんな自信はありませんし、そもそもわたしはＹＢＧの趣旨と合っていないんです。有望な若手料理人の育成を目的としているコンクールです。わたしは若手とは言えません」

ただ、と山科が顔を上げた。

「わたしは自分が選んだ道が正しかったことを証明したいんです。前の職場の同僚、上司に退職の理由を話すと、嗤う者もいました。四十歳の妻子持ちが何を言ってるんだと……ですが、どうしても料理人になりたかった。あの時の決心が間違っていなかったと納得したい。そのために井藤さんの力が必要なんです」

ポットの湯を急須に入れ、井藤は小ぶりの茶碗をテーブルに置くと茶を注いだ。

「厳しい戦いとなるでしょう。相手は強敵ばかりです。とはいえ、山科さんも審査を勝ち抜いてきた実力があるんです。四年の修業期間は他のチャレンジャーと比べて短いかもしれませんが、『あじ京』の四年は他店の倍以上の意味があります。自信を持ってください」

簡単にはいきません、と山科が顔をしかめた。

「『あじ京』で四年は立派だ、と多くの方がおっしゃってくれますが、誰よりもスタートが遅い身としては、どれほど厳しい修業であっても、耐えるしかなかったんです。ただ……今持っている力を、すべて明日の決勝に注ぎ込むつもりです。一人ではどうにもなりません。力を貸してください」

もちろんです、と井藤は茶碗に口をつけた。煎茶の苦い味が舌に染みた。

「そのために山科さんが明日何を作るか、どう調理するか、すべて教えてもらわなければなりません。まず食材ですが――」

魚です、と山科が即答した。

「『あじ京』では、基本的に魚がメインですから……」

和食ですからね、と井藤はうなずいた。

「おそらくそうだろうと思っていました。自分も扱いは得意ですから、役に立てるでしょう」

よろしくお願いしますと頭を下げた山科に、何を作るか決めてるんですか、と井藤は尋ねた。

作務衣のポケットから手帳を取り出した山科が頁(ページ)を開いた。そこに三つの料理名が記されていた。

4

入るな、と邸はカードキーをドアにかざした。ロックが外れる音がした。

しかし、と立っていた小貫という国丘料理学院の卒業生が、困り顔で言った。

「アシスタントをつけるのはYBGの公式ルールです。過去に一人で料理を作ったチャレンジャーはいません」

知ったことか、と邸はドアを開けた。

「コロッセオでも言ったが、アシスタントは不要だ。誰の手も借りない。俺には俺のやり方がある。いちいち説明していたら、何日あっても足りやしない。わかったら帰ってくれ。ルールがどうとか言うなら、コロッセオの隅に立ってりゃいいじゃないか」

本当に一人で調理するつもりですか、と小貫が眉をひそめた。

「五人の審査員と国丘委員長、撮影用も含めて七皿を作らなければなりません。全部一人で作り、運ぶのは無理だと――」

邸はドアを閉めた。一度ノックの音がしたが、それだけだった。

備え付けの冷蔵庫を開け、ミネラルウォーターのペットボトルを取り出し、一気に飲み干した。緊張のためか、無闇に喉が渇いていた。

もう一本のペットボトルを手に寝室に入り、靴を履いたままベッドに寝転んだ。誰も信じない、とつぶやきが漏れた。

アシスタントがいた方が有利なのは、考えるまでもない。調理の工程は多岐にわたり、下拵えはもちろん、皿洗い、作業台の清掃も含まれる。すべてを一人でこなすのは、時間的に厳しいだろう。

だが、過去を思い出すと、誰のことも信じられなかった。小貫であれ、誰であれ同じだ。

父親から虐待を受けていたが、小学校の教師に訴えても相手にされなかった。中学二年の時には父親に蹴られてあばらにひびが入ったが、その時も階段から落ちたという父親の説明でうやむやになった。

生まれつき狷介で群れない性格だったため、家を出て働くようになってからも、人間関係のトラブルで辞めざるを得ないこともたびたびあった。中卒という学歴や中国にルーツを持つことも、周囲と揉める理由だった。

料理人としての才能、技量は誰よりも上だ、という自信がある。評価も高かったが、その代償として待っていたのは、同僚たちからの強烈ないじめ、そして嫌がらせだった。

子供じみた話だが、コックコートを隠されたり、汚されたことは数え切れない。作った料理に塩を足されたり、盛り付けを崩されたこともある。誰のことも信じず、すべてをひとりでやると決めていた。

ただ、小貫を追い返したのは意地になったからではない。それなりに理由があった。

コンクールではメインの料理人とアシスタントの阿吽の呼吸が重要になる。指示しなくても、先回りしてフォローする者がいれば問題ないが、そこまでの関係性を短時間で築くことなどできるはずがない。

あれを取ってくれ、と言っただけで通じる相手が理想だが、邸にそんなパートナーはいなかった。

YBGには四十五分という制限時間がある。一秒でもオーバーすれば、それだけで失格となる。だが、完成が早過ぎれば時間の経過と共に味が落ちていく。

分ではなく、秒単位での判断、タイミング、調理工程がわかっているのは自分だけだ、という想いがあった。

その流れは言葉で説明できない。体で覚えるしかなかった。つまり、数時間の打ち合わせで話しただけで理解できる者はいない。

調理の過程では、予測不能な事態が起こり得る。アシスタントが下手に動けば、調理の妨害になることもあるだろう。トータルで考えると、アシスタントをつけない方がミスの確率は減るはずだった。

ただし、すべてを一人で完璧にこなせるのか、という不安はある。頭を上げたのは小貫を呼び戻そうという考えが過（よぎ）ったためだったが、もう遅いと首を振って枕に頭を載せた。

ペットボトルをサイドテーブルに置き、目をつぶった。決勝進出が決まった時点で、あらゆる状況を想定し、何を作るか考えていたが、ポイントになるのはインパクトだ、という信念は最初から変わっていなかった。

YBGは若手料理人の育成を目的としたコンクールだが、結局のところ優劣を決める場だ。決勝進出者の中から優勝者を選出するという構造は、他のコンクールと変わらない。

ジャンルこそ違うが、他の五人と技術的に差はない、と邸は考えていた。千人近いエントリーがあった中、厳正な審査の結果選ばれた六人だ。技術やセンスに大きな違いがあるとは思えない。

そうである以上、重要なのはインパクトだ。過去の大会でもそうだったが、ＹＢＧでは何よりも斬新な発想が評価される。

味だけではなく、料理そのものに未知のコンセプト、新しいアイデアがなければならない。

単に旨い、美味な料理を作るだけでなく、強いインパクトを与える、それこそがＹＢＧの必勝法だ。

正答を見出したのは、四日前だった。それを確かめるため、仕事が終わった後、アパートのキッチンで試作を繰り返した。満足できる結果を得られたのは、一昨日の深夜だ。

方向性に間違いはない、と邸はペットボトルを摑んだ。レシピは完成している。

ただひとつ、問題があった。自分の前に令奈がいる。彼女は何を作るのか。

中華とフレンチ、ジャンルは違うが、使う食材が同じなら不利になるだろう。それに備えて、別の策を立てておく必要がある。

邸はベッドから降り、ボストンバッグからノートパソコンを取り出した。

5

志帆はダイバーフォート正面出入り口で、国丘と共にタクシーを待った。

すぐにやってきたタクシーに乗り込んだ国丘が、外苑前へ、と言った。開会式の後、志帆と外苑前のカフェ、『ブランカ』でお茶を飲む習慣が二人にはあった。儀式と言ってもいいかもしれない。

「今頃、チャレンジャーたちは明日の決勝に向けて、作戦を練っているんでしょうね」

タクシーが湾岸道路を走りだした。そうだろう、と国丘がうなずいた。

「若手料理人の育成を目的に、ＹＢＧを立ち上げた。そのためにはコンクールという形式が最もふさわしいと思ったし、ジャンルにこだわらない姿勢を前面に出す必要もあった」

「はい」

昔とは違う、と国丘が窓外に目を向けた。

「八〇年代のバブル期を経て、九〇年代に日本の料理界は爛熟期を迎えた。次々にスターシェフが登場し、日本の食文化は大きな変貌を遂げたが、その後は苦しい時期が続いた。いや……今も続いている」

新店がオープンしても、三年で七割が潰れるという統計がありますと志帆は言った。

「若く、才能のある者でも、夢を諦めざるを得ないのが現実です」

そのためのＹＢＧだ、と国丘が苦笑を浮かべた。

「優勝者と準優勝者には、賞金と香港でのアジア大会出場権が与えられる。そこで優秀な成績を残せば、次はミラノの世界大会だ。もし優勝すれば、日本に戻った時、スポンサーがつく。自分の店を持ち、思うがまま腕を振るえるだろう。日本だけではなく世界で活躍する料理人を育てたかった。だが、若い料理人たちの目的は世界ではなくなってしまった。彼らにとっては、ＹＢＧがゴールなんだ」

一年かけて準備している者も少なくありません、と志帆はため息をついた。

「立ち上げ当初とは違い、今ではＹＢＧで優勝、準優勝するだけでスポンサーがつき、若くして自分の店を持つことができます。まさに夢の舞台です。でも……」

ＹＢＧが国丘の理想と違う形になっているのは、志帆もわかっていた。日本という狭い枠に留まらず、世界に通用する料理人を育てる。長い目で見れば、それが日本料理界全体の人材育成、技術面の底上げに繋がるだろう。

その時、かつて八〇年代から九〇年代にかけてそうだったように、再び日本が世界の料理界をリードする日が来る。

そのためのYBGだったはずだが、優勝者、準優勝者の多くはチャレンジャースピリットを失い、自分の店を持つことで満足していた。

時代のせいなのか、料理人たちの気質が変わったのか、世界という舞台で活躍しようという気概を持つ者は少ない。特に女性はそうだ、と志帆は窓の外に目をやった。

ジャンルを問わず、料理人歴十年未満という条件しかないYBGなら、女性料理人が輝くことができるという思いが志帆にはあった。他のコンクールでは男性優位が続いている。意味のない伝統を打破したかった。

料理の世界は完全な男性社会だ。昔と比べれば女性が増えているが、数で言えばひと握りに過ぎない。

実績を作る場所さえないのが現実だ。欧米と比べると、圧倒的に遅れている。

日本には女性の社会進出が難しい構造がある。優れた才能があっても、世界を股に掛けて活躍する女性は少ない。

社会改革を叫ぶつもりはなかったが、YBGがそのきっかけになれば、という気持ちがあった。国丘に請われて審査員になったのはそのためだ。

自分にはできなかった夢をかなえてほしい。ＹＢＧを踏み台に、世界へ羽ばたく者をサポートしたかった。

「先生がそうおっしゃる気持ちはわからなくもありません。ですが……今回は違う気がします」

「どういう意味だ？」

今回のチャレンジャーたちの表情には、違う何かを感じました、と志帆は言った。

「誰が優勝するのか、それはわかりませんが、誰が優勝しても、世界に挑む意欲を持っている……そう思えてなりません。彼ら、彼女たちもＹＢＧの本質を理解し始めた……そうは思いませんか？」

興味深い意見だ、と国丘が微笑んだ。

「『ブランカ』に着いたら、お茶でも飲みながらゆっくり話そう」

志帆は大きくうなずいた。タクシーがレインボーブリッジを降り、海岸通りを走り始めていた。

6

よろしくお願いします、と桑名（くわな）は四人掛けのテーブルについた。向かいの席で、里中海が微笑んでいる。

桑名も国丘料理学院の卒業生だ。現職は表参道（おもてさんどう）のイタリアン『ネスト』のガルド・マンジェ、前菜担当だが、在学中に一年休学してスペイン、ブラジル、アフリカを回った経験から、海のアシスタントに選ばれていた。

ただ、ポルトガル料理について、ほとんど知識はない。ブラジルの公用語はポルトガル語だが、ポルトガル料理とブラジル料理に、大きな共通点はないとされている。別のジャンルと考えた方がいいだろう。

ポルトガル料理のことをよくわかっていません、と桑名は言った。

「日本ではポルトガル料理がそれほど認知されていないということもあります。どこまでフォローできるか、自分でもわかりませ――」

難しい料理ではないんです、と海が笑みを濃くしながら、言葉をかぶせた。

「家庭料理、郷土料理がいちばん近いでしょう。手伝います、ぐらいの感じでいいんじゃないですか？」

海の声に、緊張が解けていった。海にとってＹＢＧは店の延長で、審査員は客なのだろう。どうやってもてなすか、それだけを考えているようだ。

前にもアシスタントを務めたことがあるそうですね、と海が言った。

「その時のことを聞きたいんですが、いいですか？」

もちろんですとうなずいた桑名に、観客が三百人入ると聞きました、と海が指を三本立てた。

「席はどこにあるんです？　コロッセオとの距離は？　中二階にも観客を入れるんですか？」

妙な質問だと思ったが、答えるしかない。一階に二百人ほどが着席します、と桑名はメモ用紙に図を描いた。

「コロッセオまでの距離は約四メートルです。第一回大会で、チャレンジャーが調理していた時、油が跳ねて観客が火傷したので、客席の位置を後ろに下げています。近いとは言えませんね」

「中二階は？」

百人ほどです、と桑名は記憶を探った。

「テレビカメラが四、五台置かれていたと思います。そうだ、カメラマンが手持ちでセンターステージに上がることもあります。実況席があるのも中二階です。テレビJのアナウンサーが調理の進行を実況し、国丘委員長が解説します」

「審査員席はどこに？」

センターステージの上手右です、と桑名はメモ用紙を海に向けた。

「五人の審査員が並び、チャレンジャーの調理工程をチェックします。完成した料理はチャレンジャーもしくはアシスタントがサーブし、他の二皿は国丘委員長、そしてインサート撮影のために別室へ運ばれます」

換気扇の位置はと尋ねた海に、三ヵ所ですと桑名は答えた。

「ひとつはコロッセオのオブジェの真上で、後は左右だったと……はっきり覚えてはいませんが調べておいた方がいいですか？」

お願いします、と海がうなずいた。意図がわからなかったが、換気扇の位置、と桑名はメモした。

「あの……明日の決勝では何を作るつもりですか？」

照明はどうでしょう、と素知らぬ顔で海が言った。それも調べておきますと答えたが、海が何を考えているのか、桑名にはわからなかった。

タブレットを見つめたまま、彫刻のように固まっている薫に目をやり、直子は静かに息を吐いた。

7

(大丈夫だろうか)

薫には優勝できるだけの実力がある。直子の中で、その想いは揺らいでいない。

薫が不器用なのはよく知っていた。料理実習の授業では劣等生以下の存在で、教師たちも匙(さじ)を投げたほどだ。

授業では教師がレシピを示し、手順を教える。最初に作ってみせることもあった。その通りにすれば、失敗することはない。

にもかかわらず、薫は毎回のようにミスを繰り返した。何かを足し、引き、時には掛けたり割ったりすることもある。なぜそんなことをするのか、直子にはわからなかった。

どうして言われた通りにできないのか、と叱られることも少なくなかった。成績が最下位に近かったのは、学校としてはそう評価するしかなかったからだろう。

高一の終わり頃、薫がミスを繰り返すのは、好奇心、そして探求心が強いためだとようやく気づいた。直子にはない発想だ。教えられた以上の味を求めて、試行錯誤を繰り返している。あの時、親友の薫に、怯えに似た感情を抱いた。

成績では測れない地平を薫は見ている。直子にはわからない何かだ。天賦の才能を持つものだけの境地。それを体感できる者は天才だ、自分は違うとわかったのは、大学に入ってからだった。

高校を卒業した薫は、そのまま石巻市に残り、ファミリーレストランを経て二軒のトラットリアで修業を始めていた。帰省するたびに会い、薫の料理を食べるようになったが、他の料理人が作る皿とは明らかに味が違った。

ほとんど手を加えていないにもかかわらず、数段美味しくなっている。塩ひと粒で味がこんなに変わるのか、と驚嘆したほどだ。

技術、感性については、何の不安もない。本人も気づいていない実力が薫の中にはある。それが覚醒すれば、誰が相手でも勝てるだろう。

ただ、味を追求するあまり、時として思考が停止してしまう。決勝の舞台で迷うことがあれば、どうにもならないだろう。

限界を決めているところが薫にはある。自分で自分を縛っている。限界なんてないと言い聞かせても無駄だ。自分を縛る縄は、自分にしか切ることができない。

何か食べよう、と直子は声をかけた。五時半になっていた。

「少し早いけど、薫もお腹空いたでしょ？　とにかく、この部屋を出よう。気分を変えないと、煮詰まるだけだって」

デラックスルームだが、空間としては閉じている。気分転換のためにも、ルームサービスではなく、ホテル内のレストランで食事をした方がいいだろう。

何にしよう、と薫がデスクの上からホテル案内図を取り上げた。頬の辺りに、笑みが浮かんでいた。

8

和田シェフが優勝する、という確信が黒沢にはあった。経歴、実績、技量、どれを取っても他のチャレンジャーより遥かに上だ。

六人の中で、シェフを務めているのは和田しかいない。それも大きなアドバンテージだ。

シェフに必要なのは決断力と統率力だが、経験がなければどちらも身につかない。

そして、コンクールで最も重要なのはその二つの能力だった。

YBGではチャレンジャーとアシスタントの絶対的な意思疎通が必要になる。どんな店でも指揮系統の頂点はシェフだ。

指示する者と指示に従う者の差は大きい。必ず和田が優勝すると信じる根拠はそれだった。

ただ、とソファでスマホをいじっている和田に目を向けた。ひとつだけ不安要素がある。慢心だ。

和田には自分のアドバンテージがわかっている。それが自信となっているはずだ。自信があるからこそ決断ができる。

自分を信じていない者の料理は、味に迷いが生じる。そんな料理が評価されるはずもない。

自信と慢心は違う。とはいえ、和田が自信過剰気味なのは否(いな)めない。

(そこが和田さんの魅力でもある)

自信過剰というより、楽天家なのだろう。天性の明るさと優しさを合わせ持ち、社交的で友達も多い。

自分の才能を信じて疑わないのも、その性格による。料理の神に愛されている男。それが和田拓実だ。

他のチャレンジャーも実力はある。彼ら、彼女らは、和田以上に勝利を欲しているだろう。

YBGで優勝すれば、賞金やアジア予選への切符より重要な〝自分の店〟もしくは〝店でのポジション〟が手に入るからだ。

既にシェフという地位に就いている和田には、そこがわかっていない。勝利への執着心が薄くなっているのではないか。

勝ちに慣れ過ぎれば、誰でも慢心する。長年和田のそばにいた黒沢にとって、それだけが不安材料だった。

着信音が鳴り、拓実が手にしていたスマートフォンをスワイプした。

「ぼくだ。どこにいる？　ホテルのフロント？　わかった、上がってきてくれ。六階の六〇一号室だ。待ってるよ」

スマホを置いた拓実が黒沢に顔を向けた。

「前にも話した通り、決勝ではあれを使う。完成していなかったけど、準備は万全だよ。二人で確認しよう。本番に備えて、打ち合わせもしないとね」
一分後、ノックの音がした。スーツケースを持った四人の男が立っていた。
(考え過ぎだった)
和田は慢心などしていない。勝利を確実にするため、あらゆる手を打っている。
今まで誰も使っていない手だ。それだけでも勝てる。
入ってきた男たちがスーツケースを開いた。始めよう、と拓実が言った。
男の一人がベッドサイドのボタンを押すと、カーテンがゆっくり閉じていった。

Competition

4

ラウンジ

真に触れた。

ホテル案内図をめくっていた直子が、ど・れ・に・し・よ・う・か・な、と指で写

1

ダイバーズホテルは地下にレストランが十二店入っている。二階にはラウンジ、そして最上階に展望バーがあり、食事や打ち合わせのためにホテルを訪れる者も少なくない。

「どこでもいい。ナオが決めてよ」

はいはい、と直子が苦笑した。

「ええと、今、五時四十分だよね。そこまでがっつりは食べたくないでしょ？　軽く食べながら話ができる店となると……ラウンジにしようか。軽食もあるって書いてある。サンドイッチとかパスタぐらいだろうけど、それでいいよね？」

行こう、と薫は着替えていたベージュのタートルネックの襟を直した。目の前の風景を変えたかった。

茶色のカーディガンの袖に腕を通した直子が、トートバッグを肩に下げた。薫はス

マホと財布だけを持って、そのまま部屋を出た。

長い廊下を歩き、エレベーターホールに向かうと、見覚えのある背中が目に入った。

「里中くん？」

直子が名前を呼ぶと、海が足を止めて振り向いた。年齢は海の方がひとつ上だが、くん、と呼ぶ方がしっくりくる。

六人のチャレンジャーは、朝から同じスケジュールで動いていた。控室には各自の弁当、そしてケータリングが用意されていたが、緊張もあって誰も手をつけていない。

コロッセオの下見と確認、そしてインタビューが終わった後、カードキーを渡され、ホテルの部屋に入った。アシスタントと話し合う者、とりあえず休む者、その辺りは人によって違うだろうが、空腹になるタイミングは変わらない。

宿泊する部屋も、全員同じフロアだ。部屋を出たのが同じ時間なのは、偶然とは言えないだろう。

「どこへ行くの？　もしかして夜ご飯？」

そうです、と海が微笑んだ。

「浅倉さんと野中さんもですか？　開会式だ、コロッセオの下見だ、インタビューだ、いくら何でも長過ぎですよ。もう腹ぺこで……どの店に行くんです？」

エレベーターホールのボタンを押した直子が、二階のラウンジと答えた。

「軽く食事を済ませて、早めに薫を寝かせるつもり。寝不足で美味しい料理なんて作れないでしょ？」

エレベーターが開き、直子が扉を押さえた。二階のボタンを押した薫は、里中さんは何階ですかと尋ねた。

「地下のレストラン？」

何も考えてません、と海がエレベーターに乗り込んだ。他に客は乗っていなかった。

「ホテルのコンビニで、カップラーメンでも買ってこようかって思ってたんですが……」

「カップラーメン？」直子の大声がエレベーターの中で響いた。「明日の決勝を控えて、ラーメンってどういうこと？」

嫌いですか、と海が小首を傾げた。そうじゃなくて、と直子が顔をしかめたが、いつの間にかそれが苦笑いに変わった。

海にはそういうところがある。いい意味で常識に縛られていない。それは柔軟な発想に繋がる。料理人として、重要な資質だ。

エレベーターがゆっくり降りていく。もし良かったら、と海が言った。

「ぼくもラウンジに行ってもいいですか？　一人でご飯を食べるのも、ちょっと寂しいかなって」

どうする、と直子が視線を向けた。エレベーターが二階で止まり、最初に出た海が笑顔を向けた。

すいません、と頭を下げて薫はフロアに降りた。

「あたしたち、決勝の打ち合わせをするつもりなんですけど……」

そうですよね、と海がエレベーターに戻った。

「当然です、すっかり忘れてました。こんな高級なホテルに泊まるのは初めてで、何か舞い上がっちゃって――」

「あの……良かったら一緒にどうですか？」

するりと言葉が口から飛び出した。信じられない、というように直子が見つめている。

らしくない、と薫自身も不思議だった。人見知りで、親しくない者と話すのは苦手だ。それなのに海を誘ったのはなぜなのか。

理由はある。海への興味だ。どんな人なのか知りたい。話をしてみたかった。

打ち合わせはどうするのと直子が不満気に言ったが、ちゃんとそれもするから、と薫はラウンジへ足を向けた。

2

熱いシャワーを浴びると、それで気持ちの切り替えができた。乱暴にバスタオルで体を拭い、茶色のチノパンとワイシャツを着て、セールで買ったジャケットを肩に引っかけたまま、邸はスニーカーに足を突っ込んだ。

(腹が減った)

料理人には胃炎を患う者が少なくない。夜、店の厨房に立つ前は食事を取らないが、調理中は胃液の分泌が盛んになる。

店でのポジションにもよるが、夕食を取るのは早くて十時以降だ。不規則な生活が続くから、胃が悪くなるのは職業病と言っていい。

邸自身は胃炎と無縁だった。それどころか、中学に上がってからは風邪ひとつひいたことがない。

頑健なのは生まれつきだ。体力には自信がある。父親に感謝することと言えば、それだけだった。

明日の決勝を控えて、食欲がなくなるほどナーバスな性格ではない。むしろ、何でもいいから食べたいという気持ちの方が強かった。

地下一階に十二軒のレストランがあるのはわかっていた。食に対するアンテナは常に張っている。名店揃いだから適当に選んでも外れはないだろう。

横浜中華街で働いていた頃は、遠征と称して都内に足を運び、数多くの店に通った。

中華だけではなく、フレンチ、イタリアン、和食はもちろん、トルコ、ロシア、アフリカ料理の店にも行き、給料はすべて食費に充てた。それが邸にとっての学校だった。

カードキーをチノパンの尻ポケットに押し込み、部屋のドアを押し開くと、目の前に作務衣姿の山科が立っていた。驚いた顔をしていたが、それは邸も同じだ。

「この部屋だったんですか」わたしは向かいの六〇七号室です、と山科が背後のドアを指した。「どこに行くんです？」

晩飯だよ、と答えて長い廊下を歩きだすと、わたしもですと山科がついてきた。

「何というか、こんな一流ホテルに慣れてなくて……」

俺だってそうさ、と邸は足を止めた。

「だがな、作務衣はないだろう。世の中、TPOってものがある。おれだってジャケットを持ってきてるんだぜ。それでホテルのレストランに入る気か？」

着替えを忘れてしまって、と山科がうつむいた。

「スーツケースに入れていたのは、包丁や鍋の類と下着ぐらいで……着替えをホテルに届けてほしいと妻に連絡したのは三十分ほど前で、それまではこれが一張羅なんです」

京都から作務衣で来たのかと尋ねると、慌てていたので、と山科が頭を掻いた。地方のチャレンジャーは不利だよな、と邸は山科の肩を叩いた。

「使い慣れてるいつもの道具がなきゃ、調理はできない。中華だって和食だって同じだろう。店へ取りに帰るってわけにもいかないしな……。良かったじゃねえか、忘れたのが着替えで」

ポジティブですね、と山科が歩を進めた。

「わたしには不安しかありません。他にも何か忘れているんじゃないか、そんなことばかり考えてしまいます。部屋にいると、悪いイメージしか浮かばないんです」

ずいぶん悲観的だな、と邸はエレベーターのボタンを押した。

「いいじゃねえか、料理人歴四年でＹＢＧの決勝に出場するなんて、なかなかない話だぜ。初めてエントリーしたんだろ？　おれなんか、何回目かも忘れちまった。もっと自信を持てよ……って、励ましてどうする。明日はお互い敵なんだぜ？」

敵に塩を送るというじゃありませんか、と山科がエレベーターに乗り込んだ。

「ええと……何階ですか？」

地下一階だ、と答えて邸はＢ１のボタンに触れた。

「あんたは？　同じでいいのか？」

和食の店がありました、と山科が作務衣の袖をつまんだ。

「そこなら、これでも大丈夫なんじゃないかと……邸さんも一緒にどうです？　袖擦り合うも多生（たしょう）の縁（えん）ですよ」

オッサンとは話が合わない、と下がっていくエレベーターの天井を邸は見上げた。

「小難しいことばかり言いやがる。そういうのは、本で覚えるのか？」

サラリーマンの基本です、と山科が言った。邸は地下一階で停まったエレベーターを降りた。

「和食の店は……確か『庭竹（にわたけ）』だったな。松花堂（しょうかどう）弁当がメニューにあった。あれなら、時間もかからない。付き合うよ、オッサン」

昨日の友は今日の敵といいますが、と山科がエレベーター前にあったフロア案内図に目をやった。

「あなたとわたしは今日の友です。明日は敵になるとしても――」

オッサンはことわざが好きだな、と邸は左右を見た。こっちです、と山科が右手の通路に向かった。

3

部屋のテレビに、自分の試作動画が流れている。ストップと声をかけ、令奈は手元のメモに数字を書いた。

「今のところで二十秒短縮できる。余った時間をカリフラワーの下拵えに使えば食感もよくなる」

気を張り過ぎです、と安藤が苦笑した。

「すべてに完璧を求める気持ちはわかりますが、コロッセオに立てば小さいミスやアクシデントもあるでしょう。秒単位で調理の流れを決めると、何かあった時に対応できません」

何も起きない、と令奈は言った。

「そのための準備でしょ？　もう決勝は始まってる。どれだけやっても、やり過ぎってことはない」

安藤が口を閉じた。他のアシスタントも同じだ。

ひとつ大きく息を吐いて、令奈はテレビから目を離した。

「休憩も必要ってことね……今、何時？」

六時二十分です、と安藤が言った。何か食べよう、と令奈はルームサービスのメニューを手にした。

「あたしはスクランブルエッグと季節のサラダ。それと、カモミールティーをお願い」

それだけですかと言った安藤に、これも準備のうち、と令奈はソファから立ち上がり、背中を反らした。同じ姿勢でテレビを見続けていたため、体が強ばっている。

「コンディションを整えて、万全の体調で決勝に臨む。消化と睡眠のバランスを考えると、それぐらいでちょうどいい」

サンドイッチぐらい食べてはどうですか、と安藤がメニューの別のページを開いた。

「明日の決勝で、スーシェフの順番はトップですが、調理を開始するのは午前十時です。中途半端に朝食を摂るわけにはいかない時間でしょう。スクランブルエッグとサラダだけで、体が保ちますか？」

それぐらい何てことない、と令奈は渋面を作った。

「本当は、何も食べたくないぐらい。その方が、味覚が敏感になる。でも最低限の体力は必要だから、今のうちに食べておく。そこは計算済み」

ずっとこの部屋にいるつもりですか、と安藤がメニューを閉じた。

「調理動画の検討も重要でしょう。でも、それだけでは煮詰まってしまいませんか？気分転換にラウンジでお茶を飲むとか、一時間、三十分でもリラックスしてはどうです？」

安藤くんにはわからない、と令奈は視線を外した。誰にも自分の想いは理解できないだろう。

令奈の中で、ＹＢＧは三年前から始まっている。それ以前から出場を望んでいたが、出るからには優勝が絶対条件だという父に反対され、エントリーできなかった。

二年間、懸命に努力を続け、ようやくエントリーの許可が出た。父、そして店のためにも絶対に優勝しなければならない。今の自分ならできる、と確信していた。

一年前、父を超えたとはっきりわかった瞬間があった。過信でも思い込みでもない。間違いなく自分の料理の方が美味しい。

何よりも大事なのは経験、そして知識だと多くの料理人が言う。ただ、すべては体力があってこそだ。七十歳になった父は老い、その衰えは娘である令奈が一番よくわかっていた。

十年前まで、川縁辰雄は日本のフレンチのトップランナーだった。だが、時の流れは残酷だ。いつの頃からか、父はかつての輝きを失っていた。

探求心や好奇心をなくし、若い頃のように、斬新な手法を求めてチャレンジを繰り返したり、ぎりぎりのラインまで攻めた料理を作ることはなくなった。

それを円熟と呼ぶ者もいるだろう。名人芸と称する者もいるはずだ。確実に美味しい料理を作る、という意味ではその通りだが、もう進歩は望めない。

父への尊敬の念は変わらないが、料理人としての技量は自分の方が上だ。足を止めた先達(せんだつ)を若者が追い抜くのは、必然だろう。

ただ、どれだけ努力しても、川縁辰雄の娘というレッテルを剝がすことができない現状に苛立ちを感じていた。ＹＢＧで優勝すれば、川縁令奈という料理人を誰もが認めざるを得なくなる。

気分転換を勧める安藤の意図はわかっていたが、受け入れることはできなかった。絶対に優勝しなければならない。そのためには完璧な確認が必要だ。リラックスする時間などない。

あたしはここに残って確認作業を続ける、と令奈はテレビに視線を向けた。

「地下のレストランに行ってきたら？ 何か食べておいた方がいい」

諦めたように首を振った安藤が、ここでルームサービスを頼みますと言った。カモミールティーをポットで頼んで、と令奈は指示した。

4

いい味だ、と拓実はレンゲを見つめた。地下のレストランフロアにある香港料理の店、『満雁点心油（まんがんてんしんゆ）』に入ったのは十分ほど前だ。

メニューには十種類以上の餃子、春巻き、焼売（シュウマイ）、包子（パウヂー）、春餅（チュンビン）、腸粉（チョンファン）、小籠包（シュウロンパウ）などが載っている。黒沢をはじめ、七人の男の前に小皿が並んでいたが、拓実が食べていたのは鮑粥(あわびがゆ)だった。

米、活鮑(いけあわび)、胡麻油、そして醤油と塩だけで味付けされたシンプルな粥だが、それだけに奥が深い。鮑の持つ旨みが米に染み込み、体の芯に伝わってくる。

「シェフはそれだけですか?」

黒沢の問いに、後で愛玉子(オーギョーチー)ゼリーを食べる、と拓実は答えた。

「僕だって緊張してる。そんなに食欲はないよ」

わかります、と黒沢がうなずいた。他にも理由がある、と拓実は言った。

「今夜の気温は十二度だ。お粥は消化にいいし、体を温める効果がある。気休めに過ぎないけど、悪くないチョイスだろ?」

彼らですが、と黒沢は声を潜めた。隣のテーブルに座った四人の男が餃子を食べている。

「シェフの戦略はわかっています。過去のチャレンジャーで、あれを使用した者はいません。審査員も驚くでしょう。ただ、タイミングの問題が……」

彼らはプロだよ、と拓実はレンゲを男たちに向けた。

「経験も長いし、実績もある。ついでに、BSテレビJとのパイプもね。YBG委員会と番組の許可も取った。ぼくたちは調理に集中するだけでいい。タイミングは彼らが合わせてくれるさ」

無言で黒沢が小籠包を小皿に取った。それより重要な問題がある、と拓実は言った。

「明日の決勝で、ぼくは四人目のチャレンジャーだ。待ち時間が長いけど、のんびりランチを取るわけにはいかない。だが、何も食べないのもまずい」

確かにそうです、と黒沢がレンゲに載せた小籠包を箸で破り、溢(あふ)れたスープを啜(すす)った。

明日の朝四時、フロントに果物を届けさせてくれ、と拓実は言った。

「糖度が高いものがいい。今の季節だと梨(なし)かな？　チョイスは任せる。糖分を摂らないと、頭が回らない……あとは、バナナと岩塩を頼む。それでどうにかなるだろう」

うまく眠れればいいんですが、と不安そうな表情を浮かべた黒沢に、大丈夫だ、と拓実はポケットから取り出したピルケースをテーブルに載せた。

「友人の心療内科医に処方してもらった導眠剤だ。特に強い薬じゃないが、気分を落ち着かせる効果がある。渡しておくから、寝る前に服用すればいい。ただし、アルコールは厳禁だよ」

医師免許を持ってるからね、と拓実は小さく笑った。

「使える物はすべて使って、最高のパフォーマンスをする。それが優勝への最短ルートだ」

彼らも使うわけですか、と黒沢が四人の男に顎を向けた。そうだ、と拓実は鮑粥を口に入れた。

5

薫がオーダーしたのは栗のワッフル、そしてミルクティーだった。直子はＢＬＴサンドとデカフェ、そして海はバジリコのパスタとコーヒーだ。

すごいな、と海が周りを見渡した。

「これだけ雰囲気のいいラウンジは、長崎だとなかなかありません」

「そうなんですか？」

問いかけた薫の表情に、直子は驚いていた。慣れるとよく喋る性格だが、海とはほぼ初対面だ。人見知りなところがある薫が、積極的に会話に加わることはめったにない。

こういう時、場を和ませるのはいつも直子だった。いくつか話題を出すと、薫も会話に入ってくる。薫が質問されることもあったが、答えられないまま尻すぼみになってしまう方が多かった。

いつもと様子が違うのは、明日の決勝を控えているためだと思っていたが、薫の顔に微笑みが浮かんでいる。こんなことは珍しい。

テーブルに届いたデカフェに口をつけながら、直子は海を見つめた。特にルックスが秀でているわけでもないし、どちらかと言えば芒洋とした顔付きだが、それが独特な人懐こさになっている。

話しやすい雰囲気があるのは確かだ。薫もそれを感じているのだろう。

「里中くんはポルトガル料理を作ってるんでしょ？」あたしも薫も、一、二度しか食べたことがない、と直子は言った。「もちろん、知識はあるけど——」

説明するのが難しいんですが、と海がグラスの水をひと口飲んだ。

「もともとポルトガルは日本と縁があるんです。歴史の授業で、南蛮文化って習いませんでしたか？　あの南蛮って、ポルトガルやスペイン、イタリアのことなんです。織田信長(おだのぶなが)なんかの時代ですね。その頃は遠洋航海が盛んになって、ポルトガルはブラジルとかいくつも植民地を持っていました。地理的にはヨーロッパ諸国の中で西の端なんで、アフリカ、イスラム文化……さまざまな国の影響を受けてます。食もそうで、ざっくり言うと混合文化の国ですね」

「混合文化……面白そうですね」

そう言った薫に、本当に雑食なんですと海が笑顔になった。

「海と森と草原の国と言われてますが、魚、肉、野菜、何でも食べます。海洋国家なんで、魚介類の料理が多いのは確かですけどね。国民一人当たりの魚の消費量は、日本より多いはずです。イカやタコを食べる習慣があるのも、ヨーロッパの中では珍しいと思います。ポルトガルはいいところですよ。ワインも美味しいし、もし行くならぼくが案内します」

行ってみたいです、と薫がうなずいた。どうかなあ、と直子はデカフェをひと口飲んだ。

「あたしは荻窪で小さな料理教室を開いている。最近、少しレパートリーを広げて、スペイン料理も教えることにした。ポルトガル料理とスペイン料理はお互いに影響を与え合っているけど、わざわざポルトガルまで行く気は……」

黙って、と目で合図した薫が、長崎にお店があるんですよねと尋ねた。母の店です、と海が答えた。

「看板こそポルトガル料理専門店となってますけど、ぼくに言わせれば母の自己流料理店ですね。和食や中華、エスニックの要素も入ってますし、シナモンとかサフランを使うのは、アラブ料理の影響かな。ハーブ類を多用するんで、苦手だという人もいます。ぼくは好きですけど」

コリアンダーね、と直子は言った。日本ではパクチーと呼んだ方が一般的だ。癖があるが、病み付きになる者も少なくない。

日本に戻って十年近く経ちます、と海が小声で言った。

「結局は、母の作る料理がぼくにとってのポルトガル料理なんですよ」

ウェイターが三人の料理をテーブルに運んできた。食べましょう、と海がフォークを取った。

「明日の決勝に向けて、作戦会議を開くんですよね？　食べたら、ぼくは部屋に戻ります」

「決勝はどうするつもり？」

直子はBLTサンドに刺さっていた爪楊枝（つまようじ）を抜いた。薫の目に好奇心に似た色が浮かんでいる。

まだ何も、と海が首を振った。

「隠してるわけじゃありません。そもそも、ＹＢＧがこんな大きなコンクールだっていうのも、知らなかったですし……」

　嘘にしか聞こえない、と直子はサンドイッチをナイフで半分に切った。薫が笑いを堪えている。

　本当なんです、と海がフォークを宙で止めた。

「若手料理人に向けたノンジャンルのコンクールがあるのは、さすがに知ってましたよ。ＹＢＧって名称もです。でも、それ以上は……いくらノンジャンルでも、ポルトガル料理は関係ないと思ってましたからね」

　直子とも話してたんですけど、と薫が栗のワッフルをナイフで二つに切った。

「インタビューやコロッセオでの様子を見ていると、里中さんは明日の決勝で料理を作ることを楽しみにしているんじゃないかって……」

　どこまで自分の料理が通用するか試してみたいと思っています、と海が言った。

「でも、絶対に優勝しなければならないとか、そこまで考えてはいません」

　わからなくもない、と直子はＢＬＴサンドをひと口食べた。

「ポルトガル料理の専門店は、東京でも珍しい。美味しいとか美味しくないとか、そういう話じゃなくて、腕を発揮する場がないからね」

　そうなんです、と海がパスタをフォークに絡めた。

「コンクールですから、勝ちたい気持ちはあります。優勝すれば、母の店が有名になるかもしれません。だけど、忙しくなって大変だ、とか言いそうなんですよ。ふわふわして、どこか浮世離れしてるっていうか、息子のぼくにもわからないところがあるんです」

あなたのこともわからないけどね、と直子が言った。

「下見のときにも言ってたけど、何を作るか本当に決めてないの？」

そこは母に似たのかもしれません、と海がパスタを頬張った。

「あの人も翌日のメニューを決めないんです。その日、市場で選んだ食材を使って、一番美味しい料理を作る……それで通してるんで、ぼくもそのやり方しか知りません。ポルトガル料理では魚介類をよく使うんで、それをメインにしようと思ってます。でも、それ以上は……」

直子は首を傾げた。今では日本最大規模の料理コンクールとなっているＹＢＧの決勝進出者の口から、何を作るか当日まで決められないという言葉が出てくるのが、不思議でならなかった。

「味がしっかりしてる」海の皿から、パスタが魔法のように消えていった。「やっぱり東京はいいなあ。長崎にも美味しいパスタの店はあるんですけど、ちょっと違いますね。もう少し量があれば、もっといいんだけど」

お代わりすれば、と直子はメニューを差し出した。

「そりゃ美味しいでしょうよ。ひと皿四千円だもの。東京にいるあたしだって、ホテルで食事することなんてめったにない」

四千円、と海が目を丸くした。その表情に、直子は吹き出しそうになった。

6

（変わってる）

海の第一印象はそれだった。同じテーブルに着き、会話を交わしていると、その印象はますます強くなっていった。

海の表情からは、気負いが一切感じられない。達観しているのでも、諦めているのでもない。

勝負は時の運と考えているわけでもなく、美味しい料理を作ることができれば、結果にはこだわらない、と考えているのだろう。

自分と似ている、と薫は思った。なぜ料理人を志したのか。美味しかったよ、と笑顔で言ってもらえる仕事だからだ。

美味しい料理と笑顔はセットだと薫は思っていた。料理にはそれだけの力がある。

薫にとって、料理は常に誰かのために作るものだった。思わず笑みが浮かんでしまうような料理を作りたかった。

(長崎の『リーバン』)

どんな店なのだろう、と薫は想像を巡らせた。どこか雑然とした店構えが頭に浮かんだ。

四人掛けのテーブルが数席、そしてカウンターだけの狭い店。でも、清潔で居心地がいい。

見知らぬ客同士が、気軽に声を掛け合い、時には海の母親、そして海も客と一緒にビールを飲んだり、食事をすることもあるに違いない。

テーブルに供される料理は、派手ではないかもしれないが、どれも美味しいはずだ。

高台にあり、海が一望できる店。長崎は坂の街だという。見える光景は美しく、そこには地に足のついた幸せがある。

ごめんね、という直子の声が聞こえた。

「薫って、たまにこういうことがあるの。話していても、全然違うことを考えて、生返事ばかり……どうしたの、ぼんやりして。話、聞いてた？」

聞いてなかったと答えると、直子と海が顔を見合わせて苦笑した。

「他のチャレンジャーは、今頃何をしてるんだろうって……令奈さんは、きっと部屋に籠もってるな。明日に備えて、作戦を練ってる。そんな感じがするでしょ？」

どうかな、と薫は小首を傾げた。

「明日の決勝で何を作るか、令奈さんはとっくに決めてるはず。今は細部の確認をしてるんじゃない？」

令奈がＹＢＧにすべてを懸けているのは、雰囲気でわかった。冗談めかしていたが、優勝する自信があるのだろう。実績や『ラ・フルール』でのポジションを考えれば、その可能性は十分にある。

和田さんはアシスタントたちと賑やかに食事をしているんでしょうね、と海が言った。

「明るいし、頭も良くて、ルックスもそうですけど、優しくていい人ですよね」

彼が優勝に最も近いのは確かね、と直子が口をへの字にした。

「味や技量はもちろん、二つ星のシェフで、スター性もあるから……里中くんだって、有利は有利よ。ＹＢＧではよく知られていないジャンルの料理人が高評価を得る傾向がある。第一回大会の優勝者はスペイン料理の内間和彦さんだったし、その時々のトレンドに敏感な料理人が、若手料理人の育成っていうＹＢＧのコンセプトに合ってるかもしれない」

　ポルトガル料理はどうかなあと苦笑した海に、意外と山科さんもいい線行くかも、と直子が話を続けた。

「審査員たちには、世界に和食を紹介したいって狙いがあるはず。クールジャパンってこと。和食なら何でもいいってわけじゃないけど」

　予想なんか止めよう、と薫は言った。

「コンクールだから優勝しなくちゃ駄目だとか、それって違うんじゃない？　結果はどうあれ、美味しい料理を作ればそれでいい。あたしはそう思ってる」

「でも、予想するのもコンクールの楽しみ方のひとつでしょ？」

　邸さんはどうですと言った海に、人柄は最悪、と直子が肩をすくめた。

「態度は悪いし、乱暴だし、審査員に一番嫌われるタイプね。今ごろ、どこかの店でビールでも飲んでる。あんな男が優勝できるはずがない……そう言いたいけど、修業してきた店は中華の名店ばかりよ。四川、山東、広東……八大中華をひと通り学んだってプロフィールにあった。普通はどれかひとつに絞る。さまざまな調理法を身につけてるなら、優勝する力はあるかも」

笑みを浮かべていた海が、右手を左右に大きく振った。ラウンジに邸と山科が入ってくるのが薫にも見えた。

7

仲良くお食事か、と近づいてきた邸が言った。直子が空いていた隣の席を指したが、座ろうとはしなかった。

「お二人も食事ですか？」

薫の向かいに座っていた海が尋ねた。物おじする様子はない。メシは食った、と邸が苦笑した。

「オッサンと廊下でばったり出くわして、知らん顔もできないから、地下の和食屋でちょっとな。部屋に戻ったところで、何があるわけでもない。まだ七時半だ。ちょっと酒でも飲むかって——」

無理やり引っ張られたんです、と立ったまま山科が顔をしかめた。

「明日のシミュレーションをしたいと言ったんですが、邸さんがどうしてもと……」

ここで飲んだらどうですと誘った海に、何を話してたんだ、と邸が言った。

「明日の決勝のことだろ？　今さらそんなこと話してどうなる？　酒でも飲んで、寝ちまった方がよっぽどましだ」

あなたは好きにすればいい、と直子が目を吊り上げた。美人なので、怒ると迫力がある。

「チャレンジャーにはそれぞれ考えがある。作戦会議ぐらいするわよ。それがいけないって言うの？」

おっかねえな、と邸が苦笑した。座ってください、と海が言った。

「少し話しませんか？　決勝が始まるまでは、同じ料理人仲間じゃないですか。一人で部屋にこもっているより楽しいし、気も紛れます。禁止されてるわけじゃないんでしょう？」

そんなルールはないけど、と直子が言った。

「酔っ払って決勝の舞台に立つわけにはいかない。話すのはいいけど、アルコールは適量にしてね」

学校の先生みたいなことを言いやがるとつぶやいた邸に、あたしは料理教室で教えてる、と直子が小さく笑った。

少しだけなら、と山科が椅子に腰を下ろした。仕方ない、というように邸が隣の席に座った。

いい感じです、と海が手を上げた。ウェイトレスが近づいてきた。

8

令奈はタブレットの電源をオフにした。

画面を見続けていたため、目に疲れが出ている。携帯している目薬をさすと、少しだけ気分が落ち着いた。

ソファから腰を上げた時、スマホの着信音が鳴った。画面に〝シェフ〟と表示がある。スワイプすると、私だという声がした。

「準備は終わったかい？」

川縁辰雄の落ち着いた声に、できるだけのことはしたつもりです、と令奈は答えた。

「決勝で作る料理は決めています。シェフに迷惑はかけません」

父に対し、敬語を使うようになったのは『ラ・フルール』で働くと決めた時だった。それまでは父と娘だったが、料理人になる以上、どこかで線を引かなければならないと考えたためだ。

「こんな時ぐらい、普通に話してもいいだろう。令奈はうちのスーシェフだが、私の娘でもある。公私の公と言いたいかもしれないが――」

料理人として話してますと言った令奈に、心配になって電話しただけだ、と辰雄が苦笑する声がした。

「これでも父親だから、娘の性格はわかっている。明日の決勝を控えて、気持ちが高ぶっているんじゃないか？　言われるまでもないだろうが、リラックスして臨んだ方がいい。令奈には才能と実力がある。だが、前だけを見つめるのではなく、時には一歩下がることも必要だよ。気持ちだけが空回りした料理は……」

わたしは完璧な準備をしています、と令奈は言った。

「心配していただくことは何もありません。用件はそれだけですね？　では、失礼します」

スマホをタップして通話を切った。必ず優勝する。その時初めて、父と対等に話せるようになるだろう。

スマホの着信音がまた鳴り始めたが、令奈は電源をオフにした。

9

ラウンジでお茶でも飲もう、と拓実は声をかけた。他のスタッフは帰っている。

構いませんがとうなずいた黒沢が、かすかに眉をひそめた。

「シェフ、さっきの件ですが、本気ですか？　作る料理を一品増やすとおっしゃってましたが……」

もちろん、と拓実は大きくうなずいた。賛成できません、と黒沢が言った。

「シェフなら四品作ることも可能でしょう。それはわかっていますが、この段階で予定を変更するのはリスキーだと思います」

他のチャレンジャーと顔を合わせた時、と拓実は言った。

「過去の大会とは違うと直感した。勝負は僅差になる。頭ひとつ抜けるためには、リスクを覚悟で勝負しなければならない」

散漫な印象を与えることになりかねません、と黒沢が額に指を当てた。

「もちろん、品数が多い方が評価は高くなります。過去の大会でも、その傾向がありました。ですが、やはり完成度を重視するべきではないでしょうか？　制限時間は四十五分です。時間内に調理を終えたとしても、盛り付けや清掃まで考えると――」

それも含めて計算した、と拓実は腕を組んだ。

「何の問題もない。四品作るだけだ。ひと品十分としても四十分で終わる。むしろ、余った五分をどうするか、それが問題だな」

冗談はやめましょうと頭を抱えた黒沢に、君とぼくなら大丈夫だ、と拓実はうなずいた。

「不安になるのはわかるが、その辺はラウンジで話そう。今は固まった頭をほぐしたい。何か飲みながら、世間話でもしよう」

エスカレーターに足を掛けた拓実の後ろに黒沢が続いた。大丈夫だ、と拓実は繰り返した。

10

（羨ましい）

山科は左右に目をやった。邸、海、薫、野中、全員二十代だ。

同世代、同じ料理人だから、共通の話題がある。最初は不機嫌そうにしていた邸も話の輪に加わっていた。

それぞれが夢を語っている。形はさまざまだが、夢を現実にできる力、そして時間がある。

(五年早ければ)

今さら遅いと首を振った時、スマホが鳴った。妻の芳美(よしみ)だ。

すみませんと頭を下げ、ラウンジの出入り口に向かった。入ってきた拓実と黒沢に気づいたが、そのままラウンジを出た。

「もしもし?」

スピーカーから芳美の不安そうな声が聞こえた。大丈夫だ、と山科は通路の端に立った。ラウンジと比べて静かだから、話すには都合がいい。

「今、家を出るところ。お台場って遠いのね」芳美がため息をついた。「一時間半もかかるのよ。あたしも行くって琴葉(ことは)が言ったんだけど、家で待ってなさいって言った」

山科の自宅は練馬(ねりま)区大泉(おおいずみ)にある。京都での修業中、妻の芳美、そして大学生の娘の琴葉とは年に二度ほどしか会っていなかった。

自分の夢のために、妻子との生活を犠牲にしている、と自覚していた。海外赴任と思うことにした、と芳美は笑っているが、琴葉が寂しがっているのはわかっていた。

すまない、と山科はスマートフォンに向かって頭を下げた。

「着替えの必要はなくなった。今から家に帰る」

何を言ってるの、と芳美が声を高くした。

「まさか……決勝に出ないってこと？」

そうだ、と山科はうなずいた。ラウンジで話している時、そうするべきだと思った。決勝に出たところで、勝利は望めない。

みっともない負け方をすれば、『あじ京』の看板に泥を塗ることになる。そして、芳美にも琴葉にも、惨めな自分を見てほしくなかった。

「理由はどうにでもなる。腕も経験も違い過ぎる。決勝に進出できたのは、運が良かっただけで――」

いいかげんにして、と芳美が言った。

「明日は応援に行く。祝日だから、あたしのパートも琴葉の大学も休みよ。今になって逃げ出す？　いつからそんな情けない男になったの？」

そうじゃないと言いかけた山科に、あなたが会社を辞めて料理人になるって言い出した時、と芳美が低い声で言った。

「あたしも琴葉も大反対した。覚えてるでしょ？　でも、いつの間にか、あなたの夢を応援したいって思うようになった。羨ましかったの。そんなこと、あたしにはできない。四年間、あなたを信じてきた。ようやくチャンスが巡ってきたのに、甘えたこと言わないでよ」

甘え、と山科はつぶやいた。自分でも呆れちゃう、と芳美が苦笑した。

「どうしてこんな変な人と結婚したんだろうって。平凡なサラリーマンと結婚したはずなのに、全然違った。でも、本当はずっと前からわかってた。あなたが本当にやりたいのは、家電量販店の営業マンじゃないって。それぐらい、顔を見ればわかるわよ」

夫婦だからなと言った山科に、あなたは何でも顔に出るから、と芳美が続けた。

「だから、全部呑み込んで京都に送り出した。四年の修業でＹＢＧの決勝に進出するなんて、すごいじゃない。素人だったあなたが、たった四年でそんな大舞台に立つことが誇らしかった。全力を尽くして戦えば、それでいいでしょう？　どんな負け方をしても、あたしと琴葉はずっと応援し続ける。でも、ここで逃げたら、一生悔やむことになる」

とても無理だ、と山科は言葉を絞り出した。

「みっともない姿を晒したくない。四十代の男が自分より年下の連中に打ちのめされるんだぞ？　もう二度と板場に立てなくなるかも……」

最初から諦めるのは違う、と芳美が言った。

「その方がどれだけみっともないか、わからないの？」

「だが……」

約束して、と芳美が声を大きくした。

「全力で戦うって。悔いを残さないようにするって。それなら、負けても恥ずかしくない。今から家を出て、着替えをホテルのフロントに預けておく。明日、あなたが堂々と胸を張って、あたしと琴葉の前に立つのを待ってる」

電話が切れた。山科は小さくため息をついた。

明日の決勝で勝てる要素はない。他のチャレンジャーと話して、それはわかっていた。

四十代半ばの男が負ければ、二度と立ち上がれない。それなら、戦わずに逃げた方がいい。決勝に残ったという結果だけあれば、それで十分だ。

だが、長い目で見れば致命的な傷となる。逃げてばかりの人生を送ることになるだろう。

芳美は山科の中にある甘さを知っている。電話をかけてきたのは、そのためもあったのだろう。

もう迷わない。山科は頰を両手で張り、スマートフォンをオフにした。

11

戻ってきた、と拓実が空いていた隣の席を指した。腰を下ろした山科に、明日何を作るつもりですか、と直子が聞いた。

困惑した表情になった山科に、彼女の冗談ですよ、と拓実が手を叩いた。

「答えなくていいんです。お互い、手の内を明かす必要はありませんからね。本番の楽しみということにしましょう」

感心するしかない、と薫は思った。ラウンジに現れて、まだ十分も経っていないが、場を回しているのは拓実だった。

かつて、厨房と客席がはっきりと分かれていた時代があった。接客は担当スタッフの仕事で、料理人、特にシェフクラスが客席に出てくることはめったになかった。

それが変わったのは、やはりバブル期だろう。シェフ自らが客のテーブルを廻って挨拶し、料理の説明をする。

時には最後の仕上げとして、客の目の前でトリュフをスライスしたり、ソースをかけることも稀ではなくなった。

現代の料理人には、コミュニケーション能力が要求される。厨房の奥に陣取り、無言で辺りを睥睨するスタイルを取る者はほとんどいない。積極的に客に声をかけ、リピーターを増やすのもシェフの仕事になっている。

グランメゾンでシェフを務めている拓実は日常的にその仕事をこなしているのだろうし、慣れているはずだ。拓実を中心に話が進むのは、自然な流れだった。

お互い、ほぼ初対面だ。同じ料理の世界で働いているから、共通の話題もあるが、細かい話になるとそれぞれの店で違ってくる。

決勝で戦う相手だと意識せざるを得ないから、次第に口数が少なくなっていたが、ぼくたちは敵同士じゃないと拓実が言ったことで、場の空気が和らいでいた。

「もちろん、優勝したいと思ってます。山科さんだって、そうでしょう?」でも、それは明日のことです、と拓実が言った。「ぼくたちの料理人人生はまだまだ続きます。同じ料理人として、それぞれ研鑽を積み、ひとつでも上のステップを目指す。その意味では敵なんかじゃない。同志ですよ」

きれいごとだなとからかうように邸が言ったが、本心だとわかっているのだろう。苛ついた様子はなかった。

和洋中、その他どんなジャンルであれ、料理人の目標は美味しい料理を作り、客を楽しませ、喜ばせることにある。

ＹＢＧで優勝すれば、知名度はもちろん、世界への扉も開く。だが、それ以上に経験値が上がるというメリットがあった。

三百人の観客、あるいはテレビの視聴者の前で料理を作る機会はめったにない。それは何物にも代え難い経験になるだろう。

気が付くと、ＹＢＧ委員会が準備している食材に話題が移っていた。過去の大会では、いずれも日本国内、そして海外から最高級の品質を誇る食材を集めていたが、それは今回も同じはずだ。

意外にバリエーションはない、と拓実が自分のタブレットに触れた。

「大きく分ければ肉、魚、青果、その他ってことになる。だけど、旬ってものがあるからね。どうしても選択の幅は狭まるよ」

「仕方ないだろう。肉といっても、基本は牛、豚、鶏の三つだ」魚介類は何千、何万とあるが、と邸がグラスのハイボールに口をつけた。「旬を考えれば絞られてくる。だが、肉、魚、青果、いずれにしても善し悪しを見極めなきゃならん。そこが厄介だな」

明日の朝八時に集合して、一時間下見ができるんでしょ、と直子が言った。

「アーカイブ画像で見たけど、プラスチックのケースに入ってるわけですよね？」

そうです、と黒沢がうなずいた。

「衛生面の問題もありますし、今年も新型コロナウイルス感染に配慮しなければなりませんからね」

ピラミッド形のオブジェが冷蔵庫の役割を果たしているのは、薫も知っていた。内側から冷やしているので、オブジェの棚に並んでいる食材の品質は保たれる。

ただし、直接触れることはできない。頼れるのは自分の目だけだ。

全チャレンジャーが過去の大会の動画を確認し、それぞれ対策を練っていた。その中で最も徹底的に調べているのは拓実だったが、それでも見逃しているポイントがあった。

お互いに情報を交換し、足りない部分を補い合った。戦うのは明日で、今日は仲間だ。

持っている実力をフルに発揮して戦い、終わればノーサイド、それが全員に共通する認識だった。

時間が経つにつれ、将来の夢を話すようになった。世界に通用するシェフになりたいと語る拓実、いずれは自分の店を持ちたいと言う山科、横浜に凱旋するとテーブルを叩く邸、ポルトガル料理をもっと広めたいと願っている海。

「浅倉さんはどうなんです？」海が笑顔で尋ねた。「どんな夢があるんですか？」

夢と言えるかどうか、と薫が首を捻った。

「いつか、こども食堂を開きたいと思ってます」

こども食堂、と邸が笑い声をあげた。

「おいおい、あんた『イル・ガイン』で働いてるんだろ？　滝沢シェフのことは、俺だって知ってる。イタリアンの天才だ。あんな人の下にいるのに、夢はこども食堂？冗談は止めてくれ」

今後、こども食堂のニーズが高くなると聞いていますと山科が言った。

「意義のある仕事だと思いますが、浅倉さんはもっと上を目指すべきでは？　プロの料理人でなくても務まると……」

薫は何も言わなかった。説明してもわかってくれないだろう。

何だかぼくたちが悪者みたいだ、と拓実が笑った。

「社会貢献を目的にしている浅倉さんと、自分のことしか考えていないぼくたち……そういうわけじゃないんだけどね」

もちろんです、と薫はうなずいた。社会貢献のためだけではない。今、ということでもなかった。ただ、いずれはこども食堂を運営するつもりだ。

もう十時よ、と直子が腕時計に目をやった。

「あたしはこの辺で帰らないと。アシスタントは十時までにこのホテルを出なきゃならないって、ルールで決まってる。もっと話していたいけど……」

自分も出ます、と黒沢が立ち上がった。部屋に戻ります、と海が言った。

「楽しかったなあ。うちの店は母とぼくだけなんで、こんなふうに話すことはないんです。昨日までは知らない者同士でも、友達になれるんですね」

出ますかと言った山科に、いい時間だと邸がグラスに残っていたハイボールを飲み干した。

「シャワーでも浴びて寝るか。あんたらはどうする？」

同じだ、と拓実がうなずいた。先に行くぞ、と邸が大股で歩きだした。後でＬＩＮＥすると薫の耳元で囁いた直子がその後に続いた。

拓実と黒沢がラウンジを出て行った。残った薫は海と顔を見合わせ、どちらからともなく笑い合った。

Competition

5

決勝

――川縁令奈

1

午前七時半、部屋の電話が鳴った。フロントへ降りてきてくださいというＡＤの声に、すぐ行きますと答え、薫は辺りを見回した。

シャワーを浴び、ベッドに入ったのは夜十一時だったが、うまく寝付けないまま決勝のことを考え続けた。寝入ったのは三時過ぎで、六時には目が覚めていた。

ルームサービスでサンドイッチを頼んだが、ひと口しか食べていない。無性に喉が渇き、水ばかり飲んでいたので、胃が張っている。

着替えは済ませていた。エレベーターでフロントに降りると、令奈と山科が立っていた。すぐに海、拓実、二分ほど遅れて邸が姿を現した。

ＡＤの案内で、コロッセオへ向かうと、ピラミッド形のオブジェの棚全体に、あらゆる食材が並んでいた。オブジェから白い霧のような煙が出ていたが、ドライアイスが内部に仕込まれているようだ。

コロッセオに六人のアシスタントがいた。その手に食材リストがあった。

種類が多いため、すべてをチェックしていると時間がかかる。自分が考えているレシピに沿ってある程度絞り込み、副菜として使う食材は後で確認することになるだろう。時間が限られているので、効率的に動かなければならない。

ラストは厳しいと隣に並びかけた直子が囁いた。

「他のチャレンジャーの料理、使う食材によって、想定していた料理を作れなくなることもある。最初からわかってたことだけど」

できれば四番目が良かった、と薫はうなずいた。エントリーが早かった者からコロッセオで料理を作るが、仕事のために申し込みが遅くなった。一番最後だけは避けたかったが、今さら言っても始まらない。

「有利な点もある。全チャレンジャーの料理を見ているから、味に変化をつけることもできるし——」

簡単じゃない、と直子が首を振った。試行錯誤を繰り返し、レシピを完成させた。塩ひと粒でも違いがはっきり出る。プロの作る料理はそれぐらい緻密だ。

順番が後になることを想定して、三つのレシピを作っている。他のチャレンジャーが何を作るのかは、本番までわからない。

そのため、すべてのレシピに必要な食材を確認しなければならない、というハンデが薫と直子にはあった。

「あたしは上手（かみて）、ナオは下手（しもて）のオブジェをチェックして」薫は直子からリストを受け取った。「二十分で交替、お互いにリストを突き合わせて、その他の食材を見よう」

了解とだけ言った直子が下手のオブジェへ向かった。両側に階段がついているので、上部に置かれた食材も確認できる。

それからの一時間はあっと言う間だった。チャレンジャーたちの間に、極端な技量の差はない。

ある意味では、食材がすべてを決める。誰もが無言だった。

ブザーが鳴り、食材の下見を終わらせてくださいとADが言った。全身が汗でびっしょり濡れていることに、その時初めて薫は気づいた。

他のチャレンジャー、アシスタントも同じだった。一時間、ひたすらコロッセオを歩き、階段を上り下りしていた。汗も掻くだろう。呼吸が荒くなっていた。

「チャレンジャー控室に入ってください。まもなく、客入れが始まります」

押されるようにして、廊下に出た。それぞれの包丁や調理器具は昨日の時点でYBG委員会に預けている。自分の順番の直前、システムキッチンの上に用意されることになっていた。

全チャレンジャー控室とドアに貼り紙のある部屋に入ると、長机が正方形に配置されていた。

客入れが始まりました、とADがモニターを指した。三百ある席が、次々に埋まっていく。

番組のオンエアーは九時半からです、とADが腕時計に視線を走らせた。

「司会者が皆さんの紹介をして、昨日の開会式のプレイバックを挟み、十時に決勝が始まります。九時五十分にスタッフが来ますので、それまでお待ちください。では、よろしくお願いします」

ADが控室から出て行った。令奈が電話でアシスタントと話し始めた。最終的な確認をしているのだろう。

薫はモニターを見つめた。画面越しに緊張が伝わってくる。〝フィガロの結婚〟序曲が静かに流れ始めていた。

2

大型モニターからアナウンサーの声が流れている。数分前まで、第十回大会のテーマ解説やルールの説明をしていたが、今は審査員たちの紹介が始まっていた。

カメラがキッチン・コロッセオと客席、そして審査員席と忙しく動き回り、最後に実況席の国丘の名前が呼ばれた。

国丘は大会委員長兼解説者として実況席に座っている。調理器具に始まり、食材や専門用語を交えた解説は国丘以外できない。

九時五十分、令奈が控室を後にした。薫も含め、誰も言葉を発していない。決勝を目前に控え、余裕がなくなっている。拓実でさえ、表情から笑みが消えていた。

モニターの右上に、数字が浮かんでいる。九時五十六分。時を刻む音が聞こえてくるようだった。

3

令奈はセットの裏に回った。待機していた安藤がパイプ椅子から立ち上がり、頭を軽く下げた。顔色がうっすら白くなっているが、緊張しているのだろう。

『ラ・フルール』の若手スタッフの中で誰よりも多彩なテクニックを持ち、機転が利く男だ。人柄も良く、信頼できる。だからアシスタントに選んでいたが、不安要素がないわけではなかった。

性格的に気の弱いところがある。慎重過ぎる、と言った方がいいかもしれない。繊細な仕事をする料理人は、慎重でなければならない。その意味では料理人としての資質が備わっていることになるが、安藤で良かったのか。

店で料理を作るのと、生放送のテレビカメラが入っているコロッセオで料理を作るのは違う。慎重な安藤より、大胆な者の方が向いていたのではないか。

ＡＤの指示で、小さなエレベーターほどの空間に入った。ピラミッドを模したセットに繋がっているのは、事前に説明があった。

焦らないで、と令奈は頰に笑みを浮かべた。

「いつも通り、正確な仕事をすればいい。何を作るかは決めてある。そのために準備してきた。指示通りに動いて」

うなずいた安藤の唇が細かく震えている。何を言ってもプレッシャーになるだけだとわかり、令奈は口を閉じた。

どのチャレンジャーも条件は同じだからやむを得ないが、料理完成まで四十五分というのは、フレンチの料理人にとっては厳しいルールだった。

フレンチにおいて最も重要なのはソースだ。ソースがすべてを決める。

ティが生まれる。

他のジャンルの料理人は、それぞれ様々な方法でソースを仕上げる。そこにオリジナリティが生まれる。

他のジャンルの料理と比べて、ソースの仕込みに最も時間がかかるのがフランス料理だ。短くても数時間、長ければ数日かけて作るソースもある。

だが、YBGではその時間がない。市販のメーカー品なら構わないが、事前にチャレンジャーが作ったソース、だし等の持ち込みはルールで禁じられている。

ただ、そのための準備はしていた。試作を繰り返し、ソース作りの時間を短縮する策も練っている。怯える必要はない、と令奈は小さくうなずいた。

流れていた〝フィガロの結婚〟が不意に止まり、外国人ナレーターが声を張り上げた。

「エントリーナンバー、ワン！　レナ・カワブチ！」

目の前の扉が開くと、そこからキッチン・コロッセオと観客席が見えた。拍手が湧き起こっている。

右手を高く掲げ、令奈はコロッセオに足を踏み入れた。

4

チャレンジャーは自分の名前を呼ばれたら、三十秒以内にポジションにつかなければなりません、と実況席のアナウンサーが叫んでいる。

志帆は他の審査員たちに目をやった。全員が体を前に傾けて、令奈を見つめている。

カウントダウンが始まり、残り十秒になったところで、川縁令奈とアシスタントがアイランド型のシステムキッチンを挟み、向かい合わせで立った。

（アシスタントの方が緊張している）

立ち姿からでも、内面を察することはできる。令奈の表情には気力が漲(みなぎ)っていたが、アシスタントには怯えがあるようだ。

仕方ない、と志帆はうなずいた。過去、多くのチャレンジャーがコロッセオに立ったが、余裕のある者はいなかった。

アシスタントも同じで、ある意味ではチャレンジャー以上のプレッシャーがかかっているはずだ。

誰もが固唾(かたず)を呑んで見つめている。数秒後、大きな音でブザーが鳴り、同時に令奈が動き出した。

5

ピラミッド形のオブジェに並んでいる肉類の中から、令奈は子牛のリブロース肉の大きなブロックを取り上げた。フランス・ブルターニュ産、生後半年の子牛だ。その間に安藤が他の食材を集め、システムキッチンの上に並べていた。チェック済みだから、指示の必要はない。

肉のブロックを渡すと、安藤が外側の脂とカブリを外し、カブリ肉を切り出し始めた。

カブリ肉は内股(うちもも)の脂肪の下にある赤身肉と、肩ロースとサーロインに挟まれた部位の背肉の上にあるリブカブリの二種類がある。

令奈が選んだのは牛一頭から取れる肉の量が一キロ弱、最も霜降りがきめ細かく、柔らかい食感のリブカブリだった。店でもあまり使う機会のない希少部位と言っていい。

肉の下準備、いわゆる掃除は安藤が担当する。包丁を入れた肉をロース芯、カブリ、スジに分け、丁寧にロース芯の表面にある硬いスジを取り除いていく。的確な包丁さばきだった。

最初から肉料理を作ると決めていた。フレンチの王道は肉料理で、その主役は牛肉だ。迷いはなかった。

子牛を使うのは、成牛よりも肉質が柔らかく、しっとりした味わいが審査員たちに合うと判断したためだ。令奈はオリーブオイルに発酵バターを合わせ、ＩＨコンロでフライパンを温め始めた。

安藤が切り分けたブロックの断面に目をやり、肉の品質に問題はない、と小さくうなずいた。

ブルターニュから昨日空輸されたばかりで、肉質はフレッシュそのものだ。日本の等級で言えばＡ５ランクに相当する。

ただし、品質が高いからこそ取り扱いには注意しなければならない。肉料理において最も重要なのは火入れで、そのためにフライパンを最高の状態にしておく必要があった。

令奈は別に用意した鍋にアルマニャックを注ぎ、中火で温め始めた。フランスの南西部、アルマニャック地方のブランデーで、コニャックと同レベルの銘酒だ。豊かな香りがコロッセオ内に漂い始めた。

安藤が子牛の骨を割り、取り出した髄、スジ肉その他の余った肉と共にプレートに並べた。令奈は骨をオーブンに入れて焼き目をつけ、髄や肉はフライパンで炒めた。焦げにさえ注意していれば、神経質になる工程ではない。

炒めた髄と肉をアルマニャックと一緒に煮詰め、その後焼いた骨を合わせてジュ・ド・ヴォー、子牛のジュを作っていく。

本来ならこの作業には二日以上かかるが、その時間はない。アルマニャックと骨や肉が馴染んだら、圧力鍋で一気に仕上げていくつもりだった。

大きく分けると、フレンチではフォンとジュという二つのだし汁がある。料理によってこの二種類を使い分け、ソースの基盤にする。

風味や旨みを強くするため、両方使用する場合もあるが、令奈は今回ジュのみを使うことにしていた。

決勝で作る料理を子牛のコンポジション、肉の部位をさまざまな形で提供する形式にすると決めたのはひと月前だ。

重層的な味わいを楽しめるし、見栄えもいい。コンクールに向いた料理と言っていいだろう。

ジュだけを使うことにしたのは、ミルポワと呼ばれる香味野菜や肉の身や骨をオーブンで焼いてから数日かけて煮出すフォンを作るのが時間的に不可能だからだ。ジュであれば、圧力鍋を使うことで短時間で完成する。他に選択肢はなかった。

「そっちはまだ？」

五分経過のアナウンスが流れ、令奈は安藤に声をかけた。予定では五分以内に肉の掃除を終えるはずだったが、安藤は包丁を握ったままだ。

かすかな苛立ちを令奈は感じていた。丁寧な仕事をするのは当然だが、今優先されるのはスピードだろう。

フレンチでは華麗かつ繊細な技法を身につけなければならない。安藤も技術は十分に持っている。

ただ、ＹＢＧはコンクールだ。複雑で凝った料理より、肉の魅力を全面に出した方が評価は高くなる。

趣向を凝らしただけの料理に多くの者が飽き、原点回帰が起きている。肉を肉として食べたい、味わいたいという欲求が高まっていた。

そこに照準を絞る、と試作の段階から打ち合わせを重ねてきた。だが、緊張のためか、安藤は店の厨房と同じレベルのことしかできていない。

急いで、という言葉を令奈は呑み込んだ。今は待つしかない。

根セロリをミキサーに入れ、弱のスイッチを押した。ピュレにしてソースと混ぜれば、鮮やかな黄色になる。レアな子牛の赤みと色合いが合うはずだ。

十分経過、とアナウンスが流れた。

6

ミキシングした根セロリをソースと合わせるつもりでしょう、と国丘が解説する声がモニターから聞こえた。映っているのは令奈と安藤だ。

まだ序盤だよ、と拓実が言った。

「彼女が作ろうとしているのは、子牛のコンポジションだ。いい肉を選んだな、さすがだよ」

解説者は二人もいらない、と邸が軽く机を叩いた。

「フレンチは大変だな……ソース作りだけでも二人掛かりか。時間は足りるのか？」

時短のノウハウは誰でも持ってる、と拓実が笑みを浮かべた。

「令奈なら無難にこなすさ。この段階でミスはあり得ない」

無言で邸が肩をすくめた。薫はモニターに目をやった。

見ていたのは安藤だ。額に汗が浮いている。コロッセオの熱気のためではない。焦っているようだ。

少し話しただけだが、真面目で誠実な性格なのはわかった。それだけにプレッシャーには弱いだろう。チャレンジャー、アシスタント、誰であれミスで自滅する姿は見たくなかった。

ロース芯をタコ糸で縛り、油を馴染ませたフライパンで転がしながら、令奈が焼き色をつけている。流れるような手の動きは、熟練したピアニストのようだった。

トングでロース芯を縦にした後、裏、表、両サイドまで満遍なく火を通していく。焼けた肉の香りが、会場の隅々まで届いているはずだ。

令奈が肉に火を通していた時間は二分に満たなかった。全体が白っぽくなったところで、一度肉のブロックを持ち上げると、素早く安藤がアルミ箔をフライパンに敷いた。

何度も試作を重ねてきたのだろう。二人の呼吸はぴったり合っていた。

令奈がアルミ箔の上に肉を置き、横から安藤がフライパンに溜まっていた油脂をスプーンでかけている。令奈の手が動き、慎重な火入れが続いた。

令奈の合図で、トングを握った安藤が肉を取り上げ、別に準備していたアルミ箔で包み込み、網を渡したバットに載せた。

一度冷ますのは旨みを引き出す工程のひとつで、アルミ箔で包むのは水分を逃がさず、しっとりした状態を保つためだ。

令奈が細かく刻んだマッシュルームを別のフライパンで炒め始めた。思わず薫は身を乗り出していた。

7

安藤が切り出したカブリ肉に、令奈は包丁で深い切り込みを入れた。マッシュルームを詰めるためだ。

メインになるのは子牛のロース芯のローストだが、それだけではアクセントが弱いし、インパクトも足りない。コンポジションは組み合わせを意味するが、子牛のリブロースから三品を作ることにしていた。

ひと皿の上に何層もの味わいを出す。それが令奈の描いた設計図だ。

ロース芯以外の部位に塩をふり、フライパンで軽く火を通した。上質な子牛でも脂には臭みがあるが、塩以外の香辛料は肉の味わいを損なう。臭みを消すには、焼いて香ばしさをつけるのがベストだ。

二十分経過というアナウンスが流れると、安藤が冷ましていたロース芯をコンベクションオーブンに入れた。

店で客に供する場合は六十度で九十分加熱するが、今は温度を七十度に保ち、十六分火を通す。四分ごとに肉の上下を返せば、焼きむらはなくなり、九十分加熱したのと同じ状態になる。

炒めたマッシュルームに少量の生クリームを加えて軽く煮詰め、そこに塩とコショウを適量入れて味を調えた。量らなくても、分量は体が覚えている。

それをカブリ肉の切り込み部分に詰めた後、ラップ紙で包み、俵形に形を整えてから冷蔵庫に入れた。このカブリ肉はカツレツ用だ。

冷蔵して温度を下げた方が、きれいに揚がる。揚げ物は温度差が大きい方がいい。

二十五分経過というアナウンスが聞こえた。今のところ問題ない、と令奈は小さくうなずいた。

8

ほんの僅かな焦げついた匂いを、志帆は嗅いでいた。コンベクションオーブンから、それが漂っている。

肉ではない。肉を縛っているタコ糸の一部がアルミ箔からはみ出し、それが焼けているのだろう。

よくあることだ、と隣の席の笹山が囁いた。

「たいしたことじゃない。そこまで神経質になっていたら、料理は作れない」

志帆もそれはわかっていたが、気になったのは令奈の反応だった。アシスタントを押しのけてコンベクションオーブンの前に立ち、トングで肉の位置を変えている。

そこはアシスタントに任せておくべきだろう。笹山が言ったように、大きなトラブルではない。

コロッセオに立ったチャレンジャーは、誰であれ緊張し、焦りを抱く。だが、令奈は何かを恐れているようにさえ見えた。

作っているのは、子牛のコンポジションだ。その手順、段取りは完璧で、時間内に完成するだろう。

　だが、令奈の表情、そして全身から苛立ちが伝わってきた。どうしてなのか、と志帆は眉間を二本の指で押さえた。

9

　三十分経過のアナウンスが流れると、令奈はカブリの下の部位、いわゆる〝マキ〟肉をカットし、細かく刻んだタマネギとニンニクと合わせ、軽く火を通した。

　これが三品目で、ペーストにして供するが、熱し過ぎると風味を損なうので、注意が必要だった。

「ロース芯を三分後にコンベクションオーブンから出して！」粗熱をとる、と令奈はフライパンを揺すりながら言った。「何やってんの！　味付けはあたしがする。カツレツの準備を始めて！」

　声に苛立ちが混じったのは、安藤が指示待ちになっていたからだ。何のために試作を重ねてきたのか。段取りはすべて頭に入っているはずなのに。

　安藤が鍋にサラダ油を注ぎ入れ、ＩＨコンロの火力を二百度に設定した。そのまま愛媛のブランド卵、輝貴を溶き、目の細かいパン粉をバットにあけた。

輝貴は無農薬の有機飼料だけを食べ、放し飼いにされているため運動量が多い鶏の卵だ。その分サイズも大きいことで知られている。黄身は黄金のように美しく、光を放っているようにさえ見えた。

令奈は揺すっていたフライパンにオリーブオイルを注ぎ、香りがついたのを確かめてから、肉とタマネギ、ニンニクを業務用ミルに移した。

ペーストにするにはミキサーが最も適しているが、あえてミルを使用するのは肉の食感を前面に押し出すためだ。ミキサーでは均一に砕かれてしまうので、味わいが単調になってしまう。

ミルの中に塩と胡椒を抑え気味に振り、ゆっくり回した。急ぐと風味が消えるし、舌触りが滑らかになり過ぎると肉の食感がなくなる。

安藤がロース芯をオーブンから引き出し、アルミ箔を開いている。タコ糸をすべて切り、一歩下がった。

ここまでは、ひとつの工程を終えると清掃をしていたが、時間の余裕がないために、切ったタコ糸を安藤がそのままにしていた。最後に片付けるしかないだろう。

ミルからペーストを出してと命じ、令奈はアルミ箔の中を覗いた。きれいな焦げ目がつき、芳醇な肉の香りが漂っている。

根セロリのピュレに少量の塩を混ぜているので、ロース芯のローストにつければ、塩加減の調整ができる。ただし、肉にも味がついていなければならない。メインとなるロース芯のローストで最も難しいのは、最終段階での味付けだった。

フランス産の岩塩をソルトミルで細かく砕いた安藤が、それを皿に載せた。匙を当て、数粒を口に含むと最適な量がわかった。

ロース芯は三百二十グラム、発酵バターにも塩分が含まれている。それを加味すると、肉全体に二グラムの岩塩をまぶすのがベストだ。

少ないようだが、それ以上はえぐみになる。足りなければ、根セロリのピュレをつければいい。

安藤が慎重にペーストをミルからかき出している。残り時間十分。令奈は大きく深呼吸した。

ここが店なら、怒鳴りつけていただろう。安藤の動きが鈍重に思えてならない。そこまで丁寧な作業を要求したつもりはなかった。

まだ終わっていない。ここから一気にすべてを仕上げ、盛り付けまで気が抜けない工程が続く。苛立ちは怒りに変わっていたが、料理の完成が優先される。

高い位置から岩塩を振った。多少濃淡があった方が、味が間延びしない。味付けは繊細でなければならないが、ここでは大胆さが要求される。

アルミ箔の口を開けたまま、三百度に設定したオーブンにロース芯を入れた。最後に四分間の加熱、それでローストが完成する。

次に冷蔵庫から出したカブリ肉のラップ紙を外し、溶いた全卵、そしてパン粉をまぶした。ＩＨコンロにかけている鍋の油は二百度、静かにカブリ肉を沈めると、細かい泡が肉を包み込んだ。

長く揚げるつもりはない。さくさくした食感のためには、火が通っていればそれでいい。

その間、安藤が猪の油脂でプルロット、日本で言う平茸を炒めていた。皿全体のバランスを考えた添え物で、肉と交互に置くことでアクセントをつける狙いがある。

並行して別のフライパンで、フォアグラのソテーを作っていたが、肉と合わせるとよりジューシーさが増す。クラシックな手法だが、審査員も満足するはずだ。

頭ではなく、体が自然に動いた。安藤が準備した七枚の真っ白な皿の右上にペーストで真円を描き、その左右にピュレをちょんちょんと配置した。カブリ肉のカツレツを油から上げ、ざっくりと切り分け、左下に載せていく。

最後にローストしたロース芯を七等分にカットし、皿の中央に置いた。その上にソテーしたフォアグラを載せ、やはりピュレをちょんちょんと添えた。シンメトリーにしたのは、最も美しい形になると計算したためだ。プルロットをあえてばらばらに並べたのは、整い過ぎているとかえって見た目が悪くなるからだった。

安藤が白トリュフをスライスし、皿に散らした。豊潤な香りがコロッセオに広がった。

盛り付けの際には、どうしても皿に何かが付着する。今回で言えばパン粉、あるいはピュレの一部だ。

安藤と二人で皿を確認し、汚れを拭っていると一分前のカウントダウンが始まった。

三十秒後、令奈はシステムキッチンから離れた。七枚の皿の上に、絵画のような料理が載っていた。

10

調理終了のブザーが鳴ると、ＹＢＧ委員会のサービス担当者が二つの皿をトレイに載せ、運んでいった。ひと皿は実況席の国丘のもとへ、もうひと皿は番組がインサート撮影のために使用する。

壇上に上がったアナウンサーに促され、令奈は審査員たちの席に完成したばかりの料理をサーブし、用意されていた小さなテーブルの前に立った。すぐ横に座っているのは、日本を代表するフレンチシェフ、大竹了栄だ。

お疲れさまでした、とアナウンサーが口を開いた。

「では、プレゼンテーションを始めてください」

今回のテーマは〝十年ぶりに会う友人との夕食、そのひと皿〟です、と令奈は言った。早口になっているのは、一秒でも早く試食を始めてほしいと考えたためだ。

「わたしはそれをもてなしの意味だと考えました。十年ぶりの友人との再会は懐かしいものでしょう。できる限り美味しい食事を作り、再会を祝いたい……そんな気持ちをこの料理に込めました。十年前の友人は、十代だった頃の友人です。わたしはまだ駆け出しの料理人で、腕も未熟でした。ここまで成長したと伝えたい、そういう想いもあります」

試食をお願いしますと頭を下げると、審査員たちがナイフとフォークを手にした。素材として子牛を選んだのは、と令奈はプレゼンを続けた。

「十代だったわたしと友人の象徴です。十年という月日が経ったけれど、友情は変わらない。それを表現するのにふさわしい食材だと考えました。さまざまな形で学んだことで、視野が狭く、未熟だったわたしも変わりました。ひとつの部位の肉から三種類の味を表現するコンポジションという形式を選んだのは、その意味も含まれています」

以上です、と令奈は一歩後ろに下がった。審査員たちが切り分けたロース芯のローストを口に入れ、同時に大きくうなずいた。

11

インサート撮影用のひと皿は、撮影後そのままチャレンジャー控室に運ばれる。過去の大会でも同じだったが、どういう形であれ学びの機会を与えたいという国丘の意向により、他のチャレンジャーが味を確かめることが許されていた。

いかにも令奈らしいな、と拓実が皿を見つめた。

「シンメトリーにしたのは、料理のルックスを重視したんだろう。ローストだけでも十分なはずだけど、それだと華やかさに欠ける……誰か、食べてみないか？」

いえ、と薫は首を振った。どこから見ても完璧な料理だ。味わってしまえば、それに呑まれてしまいそうで怖かった。

お願いしますとADが声をかけると、邸が足早に控室を出て行った。次にコロッセオに立つのは邸だ。

伸ばした指に海がソースを絡めた。舌先で味わっていたが、信じられませんと大声を上げた。

「どうすれば四十五分でここまで奥深い味になるんですか？　中はロゼで、火入れの状態も最高です。食べたいなあ」

構いませんと別のスタッフが言ったが、遠慮しておきますと海が頭を掻いた。

「食べたら自信をなくしそうです。ソースだけでも、ぼくにとっては衝撃ですよ。本当に凄い。こんな料理は作れません」

山科が皿から目を背けた。その気持ちは薫にもわかった。完成度の高さに、圧倒されているのだろう。

試食が続いていた。審査員たちは皿の料理をすべて食べるわけではない。ひと口味わうというレベルに留めておかないと、後の審査に影響する。誰の顔にも、満足げな表情が浮かんでいた。

コンクールでは最初の料理が基準となる。ハードルが上がった、とため息をついた薫のスマホが小さく鳴った。

LINEの着信音だ。画面を見るまでもなく、直子からだとわかった。

『まずいね。先を越された』

アシスタントは別室で待機している。電話でも構わないが、他のチャレンジャーがいるので話しにくい。

先を越されたというのは、令奈が選んだ子牛のことだ。第一のプランでは、薫も子牛肉を使ったローストをメインにするつもりでいた。

フレンチとイタリアンでは調理の技法が違うから、同じローストでも味付け、テイストは異なるが、重なる部分もあるのは否めない。

『あの肉はあたしも目をつけていた』薫は素早く指を動かした。『品質の良さはわかってた。でも、それは令奈さんも同じ』

『ルールだから仕方ない。どうする？　予定通り子牛のローストでいく？』

変更しよう、と薫はＬＩＮＥを送った。

『イタリアンの王道だし、自信もあるけど、方向性が近過ぎる。それより、違う料理にした方がいい』

使用する食材が同じだと、順番が先のチャレンジャーが有利になる。後のチャレンジャーの料理の印象がぼやけるのはやむを得ない。

しかもローストという調理法まで一緒だ。それでは勝てない、という判断があった。

順番によって有利、不利が出るのは、どのコンクールでもそうだ。そのためにチャレンジャーは複数のレシピを準備している。直前の変更も想定済みだった。

『ジビエにしよう。ナオもチェックしてたけど、いい雉鳩があった』

子牛のローストを第一候補にしたのは、コンクールという意識があったからだ。奇をてらった料理より、正攻法の料理の方が評価されやすい。

この数年、食の世界では原点回帰の流れがある。食材を徹底的に解体し、再構築した料理に飽き、肉なら肉、魚なら魚を食べている実感が求められている。

ＹＢＧでもそこがポイントになると考え、わかりやすく確実な味を出すことができる子牛肉を使うと決めた。だが、何かが引っ掛かっていた。安全な道を選ぶのは違う、という想いがどこかにあった。

ジビエはフレンチ、イタリアンで使われることが多く、メイン料理になることもある。調理法によってイタリアンの魅力を全面に押し出すことも可能だが、さばいてみないと品質がわからないという不安があった。牛肉と比べれば格も下だ。

『でも、あたしは戦いたい。守りに入るんじゃなくて挑みたい。それで負けても悔いはない』

了解、という直子の返事に、薫はスマホを伏せた。切り替えようとつぶやいた時、背中を汗が伝った。

Competition

6

決勝

——邸 浩然

ADの誘導でセットの裏に回ると、そこに小貫が立っていた。YBG委員会からアシスタントを命じられた国丘料理学院の卒業生だ。

来なくていいと言ったはずだ、と邸は顔をしかめた。

「アシスタントはいらない。かえって邪魔になると——」

そうでしょうか、と小貫が自分の二の腕を叩いた。

「ぼくの技量に不安があるのはわかりますし、経験が浅いのも本当です。でも、国丘先生に選ばれてここにいます。それなりに役に立てると思いますが」

ここで待っていてください、と狭い空間を指したADが去っていった。どうしろっていうんだと邸は小貫に目をやった。

「俺はあんたのことを知らない。腕だってわからん。それでも信じろと?」

勝ちたいなら、と小貫がうなずいた。

「邸さんの噂は聞いています。人柄や性格を悪く言う人もいましたが、腕は確かだと誰もが認めていました。本音を言えば、ぼくもチャンスが欲しいんです。YBGの優勝者のアシスタントを務めたと言えば、どんな高級店でも雇ってくれるでしょう。それに――」

「何だ？」

あなたに興味があるんです、と小貫が微笑んだ。

「いくつもの店を転々として修業を続けたそうですね。人間関係のトラブルで辞めた人を雇う店は少ないはずですが、あなたは移った街の一番店で働いている。技量がある証拠です。その技を見たいと思うのは当然でしょう」

変わった奴だ、と邸は苦笑を浮かべた。

「いいか、指示には絶対に従え。余計な口は挟むな。俺には俺のやり方がある。学校で習わないようなことだってする。常識ではあり得ないこともな。それでもいいのか？」

構いません、と小貫が答えた。何を考えているのか、腹が読めないところがあるが、信じてみようと邸は思った。

この男は本気でチャンスを摑もうと考えている。料理人はステップを踏まなければならない。いきなりグランメゾンで働くことはできないし、普通は名店も無理だ。

だが、YBG優勝者のアシスタントであれば、ステップを飛ばすこともできるだろう。どこか自分と似ていると思ったのも、信じると決めた理由だった。

もうひとつ、令奈の料理を見たことも影響していた。すべて一人でこなせるという自信があったし、苛酷な修業を積んできた強みもあるが、完成度を考えると、心もとないところがあった。

それも違うのかもしれないな、と邸はつぶやいた。他人を信じないと虚勢を張っていたのは、父親のネグレクトや暴力に対する本能的な反応だった。身構えていなければなめられるという想いがあった。

だが、料理は一人で作るものではない。初めてそれがわかった気がした。

何を作るつもりですかと尋ねた小貫に、海鮮おこげだと邸は答えた。

「細かい説明をしている暇はない。開始のブザーが鳴ったら、まず米を二合炊け。後はその都度指示する」

拍手の音が聞こえた。すぐに邸の名前が呼ばれ、そして扉が開いた。

2

薫の目の前で、拓実が腕を組んだ。邸の料理が気になっているようだ。中華料理の持つポテンシャルを知っているからだろう。

中華は八大料理に大別される。地域によって食材や調理法、味付けが異なるため、四つに分けられる場合もあるが、系統を考えると八大料理と呼ぶのが一般的だ。

邸は長い修業を経て、八大料理の技法を学んでいる。最終的に選んだのは四川料理だが、そこに他の七つの料理の技法を応用すれば、持てる力をフルに発揮できるのではないか。

加えて、四川料理にはインパクトがある。その特徴である三椒、つまり花椒（ホワジャオ）、唐辛子、胡椒の三種の香辛料を使った料理は炎のような辛み、そして旨みを持つ。

四川では味が尖りがちになる傾向がある。それを良しとするか、評価に値しないとするかは、審査員次第だ。

結果がどう出るか、それはわからない。邸自身もそうだろう。常識的にはある一線でブレーキを踏むはずだが、ぎりぎりまで攻め込む性格だ。

最後の最後までブレーキを踏まないことを、拓実は恐れているようだった。リスクは高いが、リターンも大きい。そこが勝負の分かれ道になるかもしれない。

モニターに邸の顔がアップになった。気迫の籠もった表情だった。

3

ブザーが鳴るのと同時に、小貫が計量カップを手にした。水は三百六十ミリリットル、と邸は指示した。

一般に、炊飯時の水量は米の分量の一・一倍から一・二倍とされる。二合の米に対しては四百から四百三十ミリリットルが標準的な数字だ。三百六十では固めの炊き上がりになってしまう。

無言で小貫が計量カップですくった米を研ぎ始めた。おこげを作るのであれば、多少硬めの方がいいとわかっているのだろう。

美味しい米を炊くにはさまざまな条件が必要となるが、最も重要なのは浸水だ。米一粒一粒に十分な水分を行き渡らせることで、炊き上がりが艶(つや)やかになる。いわゆる〝立った米〟だ。

季節や温度、米の状態によって浸水時間は変わる。十一月、秋であれば一時間ないし二時間が理想的だ。

もちろん、それだけの時間はない。ただ、五分でも浸水させれば、仕上がりはまったく違ってくる。米を水に浸けろと命じてから、邸は審査員席を見つめた。

コンクールにおいて、審査員は量を食べない。それもあって、過去の大会で米を使ったチャレンジャーはほとんどいなかった。

常道から外れているのはわかっていたが、邸はオブジェのように並んでいる食材に目を向けた。チェックしていた魚介類、そして二十種類以上の野菜を取り、システムキッチンの前に立った。

中華包丁を取り上げ、アカハタを三枚に下ろし始めた。店であれば、すべての部位を使わなければならないが、コンクールではその必要がない。贅沢だな、と思わず笑みがこぼれた。

アカハタの身は淡泊な白身で、脂は少ないが旨みを豊富に持つ。

刺し身、煮付け、中華の清蒸魚（チンジャンユー）でもよく使われる。焼き物、揚げ物など、何にでも向いていた。

選んだのは、身の締まった活（い）き締めのアカハタだった。触れると弾力があり、新鮮そのものだ。

基本的に、中華料理は中華包丁ひとつであらゆる作業をする。繊細な作業には不向きなイメージがあるが、そうではない。

鱗(うろこ)とぬめりを落としてから、三枚に下ろすのに要した時間は二分ほどだった。店で下ろすより早いのは、必要な部位だけを切り出したためで、内臓の処理こそ丁寧にしたが、頭や尾は切り落としただけだ。

腹を流水で洗い、小骨を抜く作業は小貫に任せ、次に取り掛かったのはアオリイカだった。新イカで、まだ生きている。

イカの下処理には時間がかかるが、それも慣れていた。アカハタの下処理を終えた小貫に、車海老を頼むと邸は叫んだ。

「竹串で背ワタを取って、四尾を下茹(したゆ)でしてくれ。包丁は使うな、味が落ちる」

背ワタを取り除くには、爪楊枝や竹串を使うか、包丁で切り込みを入れるのが一般的だが、できる限り金物を当てない方がいいと教えてくれたのは、横浜登養廊(とうようろう)の先輩だった。

海老と金物は相性が悪いと言っていたが、理論的に正しいかどうかはわからない。きちんと取れば、竹串でも包丁でも同じはずだ。

それでも、邸はその言い付けを守っていた。口伝(くでん)として受け継いできたものには、意味があるはずだ。何もなければ、誰もそんなことは言わないだろう。

態度が悪く、生意気で反抗的だと先輩たちから嫌われていたが、料理に関する教えは素直に受け入れる、それが邸の性格だった。

車海老の他にホタテとアカガレイの下拵えを小貫に任せ、邸は別の中華包丁を取り出した。

今から二十種類以上の野菜の下拵えを始める。魚介類より重視していたのは野菜だ。

もともと、邸は肉をメインにした料理を作るつもりだった。魚より肉の方が審査員の受けがいいのではないか、という漠然とした想いがあった。

だが、考えを変えた。媚びた料理を作りたくない。それは邸浩然の料理と言えない。

勝ったとしても、不満しか残らないだろう。自分の料理で勝負すると決め、考えに考え抜いて海鮮おこげにたどりついた。

魚介類はだしとコクを出す素材、と邸は割り切っていた。アカハタを中心にアオリイカ、ホタテ、アカガレイを使うのはそのためで、いずれも個性の弱い食材だ。主役となるのは野菜で、一度決めたらぶれない気持ちの強さが邸にはあった。

細々とした作戦こそ立てていなかったが、大まかな戦略はあった。中華、そして四川には強く激しいイメージがある。四川料理と言えば、誰もが麻婆豆腐のような辛い味付けを思い浮かべるだろう。

それは四川の持つ個性で、生かさない手はない。だが、単純な辛さでは審査員も評価しないだろう。

野菜をメインにすることで、激しさと柔らかさを共存させる。それが邸の戦略だった。

中華料理では大量の油を使う。味付けも尖っている。そのため重い印象を与えがちだ。

それを払拭するためにも、野菜は重要な素材だった。四川の料理人である以上、三椒を捨てることはできない。それは自分のルーツの否定に繋がる。

だが、激しさと柔らかさの両立は可能だ。現状維持に留まっていては、新しい四川を作ることはできない。

その発想が邸の根底にある。他の料理人と衝突する原因はそこにあった。自分のオリジナルな四川を作る、と決めていた。

青梗菜（チンゲンサイ）、ホウレン草、白菜、葱（ねぎ）を並べ、邸は中華包丁を握った。ここからが勝負だとわかっていた。

4

規則的なリズムで、邸の包丁が動いている。志帆はその姿に目を見張った。

やや前かがみの姿勢で、青梗菜を刻んでいる。足腰は微動だにしていない。

スピードも速いが、それ以上に驚かされたのは青梗菜のサイズだった。

すべての野菜は部位によって大きさが違う。だが、邸が切り出す青梗菜はどれも一センチ角になっていた。機械より正確かもしれない。

青梗菜の次はホウレン草、その次は白菜と順に包丁を入れたが、どれもサイズは同じだった。システムキッチンの調理台に、いくつもの野菜の山ができていた。

切り終えると野菜の断面をチェックし、納得がいかないものは躊躇なく弾いていく。その判断の速さ、決断力は過去のチャレンジャーを遥かに超えていた。

四種類の野菜を細かく刻むために要した時間は三分半、それをアシスタントに渡し、キッチンペーパーで水分を取るように指示すると、エノキダケ、エリンギ、椎茸(しいたけ)など茸類を刻み始めた。

その間も邸の大声がコロッセオに響き、アシスタントが百合根(ゆりね)、蓮根(れんこん)、むかごを並べた。ひとつの作業を終えるたび、二人で作業台を清掃しているが、何年も一緒に働いているのではないかと思えるほど、息が合っていた。

観客も邸の包丁捌きに見入っている。素人でもスピードや正確さはわかる。気迫のこもった邸の表情に、誰もが圧倒されていた。

5

立ったまま令奈がモニターを見つめている。スタッフが椅子を勧めたが、小さく首を振った。

四十五分間、全力で調理に臨んでいたため、アドレナリンが体内を駆け巡っているのだろう。戦いの余韻が残っているようだ。

「お疲れさま」視線だけを向けた拓実が言った。「すごい顔をしてるな。何か飲んだらどうだ？」

いらないと言った令奈が、モニターに歩み寄った。リズムに乗った邸の包丁が、凄まじい速さで動いている。

一朝一夕で身につく技ではない。長年の修練がなければ、ここまでの域には達しないだろう。

それぞれの食材に対し、包丁の角度を微妙に変え、力加減にも変化を加えている。力任せに押し切るのではなく、繊維を傷つけないように工夫していた。機械ではできない技術だ。

かすかに頬を引きつらせた令奈が控室を出て行った。十五分経過、というアナウンスが流れていた。

6

水に晒す時間を短くしろ、と邸は牛蒡（ごぼう）と慈姑（くわい）を刻みながら言った。

「野菜の味わいが薄まる」

一本の牛蒡を一センチ角に切り終えた後、小貫が下拵えを済ませたアカハタに、邸は軽く切り込みを入れていった。

魚の場合、煮物、焼き物を作る際、味を染み込ませるため腹部を包丁で斜め切りするのが一般的だが、邸はそのセオリーを無視して、アカハタの切り身全体に細かい筋を刻んだ。

深くし過ぎると身が崩れるが、浅くては意味がない。ぎりぎりのラインまで攻め込むには勇気がいる。

過剰なほど踏み込んでしまう自分の性格は、誰よりもわかっていた。やり過ぎるなとつぶやいたのは、自分への戒めだった。

「大豆油を中華鍋に注げ」油通しの準備をしろ、と邸は小貫に命じた。「量は一・二リットル、きちんと量れ。ガスコンロにかけて、強火で熱しろ。火力は最大」

大豆油を用いるのはサラダ油や他の油と比べてあと味のキレがいいためで、この辺りは料理人の好みにもよるだろう。

ＩＨコンロではなく、ガスコンロを使うのは火力の違いだ。ＩＨでもガスコンロと同等の火力になるが、瞬発力が弱い。一気に油を熱するためにはガスコンロの方が優れている。

小貫が火力を最大にした。いつも使っている鍋なので、油に火が通るまでの時間は体が覚えている。百八十度に達するまで、二分もかからなかった。

大匙三杯の胡麻油を加えたのは香りづけのためで、何種類もの油をブレンドする者もいるが、邸の好みではない。シンプルな方が味わいが深くなる。

葉菜以外の野菜を静かに油に入れ、三十秒待ってから引き上げた。表面が軽く色づき、薄い膜がかかったようになっている。

油通しは揚げ物と違う。素材の味を深めるための工程だ。細かく刻んだ野菜のひとつひとつが油にコーティングされ、輝きを放っていた。

ガスコンロの火を止めてから、邸は魚介類をアカハタから順に鍋に入れていった。温度は百二十度、魚介類の油通しには最適な温度だ。

もう一度ガスコンロを点火し、油の表面を見つめた。鍋を両手で揺らし、満遍なく熱が行き渡ったのを確かめてから中を浚った。

引き上げた魚介類から、いい香りが漂っている。魚介の身がふんわりと膨らんでいるのは、火入れがうまくいった証しだ。

一片の海老を小皿に載せ、食べてみろと邸は言った。小貫が菜箸で海老を挟み、そのまま口に入れると、驚きの表情が広がった。

「さっくりした感じで、強い甘みが出ています。美味しい……これだけでも十分では？」

ここまで、味付けは一切していない。素材の旨みを前面に押し出すのが邸の狙いだ。

三十分経過、とアナウンスが流れた。米は炊けたかと言った邸に、あと三分ですと小貫が炊飯器の表示を見た。炒めに入る、と邸はうなずいた。

油を別の容器に移してから、邸はそのまま油通しした魚介、野菜を無造作に中華鍋にほうり込んだ。新たに油を引かないのは、べたつきを防ぐためだ。

油通しを終えた段階で、火入れの八割が済んだとする料理人が多い。それは邸も同じで、炒めるのは仕上げのためだ。ここで火を通し過ぎると、食感や味わいが損なわれる。

すべての料理を強火で炒めて作るというイメージが中華にはあるが、実際には違う。他ジャンルの料理と比較しても、火の扱いは繊細だ。

こまめにガスコンロのコックを捻って火力を調節しながら、三分弱炒めたところで火を止めた。

「鍋をあっちに移してくれ」邸はＩＨコンロ付きのシステムキッチンを指した。「余熱で食材に熱を行き渡らせる。米はどうだ？」

炊けてます、と小貫が炊飯器の蓋を開けた。通常の食事に供する場合は、蒸らしの時間が必要となるが、そのために米を炊いたわけではない。

一合半よそってくれと命じてから、邸はフードプロセッサーの準備を始めた。三十ミリリットルの水と一緒に米を入れ、スイッチを押すと米粒が粗く粉砕されていく。

平皿に敷いたオーブンシートの上にそれを薄く広げ、丸く整えていった。形としてはピザに似ている。

上から軽く押さえ、水分を飛ばしてからオーブンシートごと持ち上げ、サラダ油を引いたフライパンに載せ中火で熱した。三分ほど色目を見ながら焼き加減を調整し、両手に持ったへらで引っ繰り返すと、きれいな焦げ目がついた。

米を炊いたのは、煎餅(せんべい)を作るためだ。火加減を微妙に変えながら、裏面にも焦げ目をつけ、かりかりになったところでコンロから外した。

別の鍋に準備していた大豆油で三十秒ほど揚げ、油を切った後に中華包丁で七等分し、耐熱容器に載せてオーブンに突っ込んだ。加熱は五分だ。

「残り時間は？」

八分です、と小貫が答えた。邸は魚介と野菜が入っている中華鍋をガスコンロに戻し、弱火で熱しながら味付けの準備に取り掛かった。

システムキッチンに並べたのは朝天(チヨウテン)唐辛子、韓国産の粗挽き唐辛子、四川ラー油、花椒油、唐辛子味噌、粉唐辛子、花椒、四川豆板醬(トウバンジヤン)、生姜パウダー、そして生のニンニクだ。事前に申請しているので、香辛料類の持ち込みは許可されていた。

香辛料類の分量と配合は体が覚えている。迷いはなかった。

紙袋に入っている唐辛子類をお玉ですくい、鉢に注いだ。その上からラー油、花椒油、味噌と花椒を入れ、擂り粉木で強く掻き混ぜる。強い刺激臭に、小貫が目を押さえた。

構わず、邸は豆板醬と生姜パウダー、そして中華包丁で叩き潰したニンニクを加えた。鉢の中が真っ赤になっている。まるで溶岩のようだ。

それをフライパンに入れ、強火で熱した。乾煎りに近い。すぐに焦げた唐辛子の匂いが広がった。

「オーブンは?」

あと一分、と小貫が叫んだ。邸は中華鍋の魚介と野菜炒めに、フライパンの香辛料を注ぎ込んだ。

塩は使っていない。味を決めるのは辛みだ。

ガスコンロの上で、中華鍋の底が赤くなっている。中華は火と料理人の勝負だ。自在に火を操ることができる、という自信が邸の中にあった。

オーブンに目を向け、スイッチを切れと命じた。同時に中華鍋をガスコンロの上から外し、最後の仕上げとなるあんかけの餡作りを始めた。

難しい作業ではない。市販の鶏ガラスープの素を水で溶かし、酒、砂糖、塩、醬油で味を調えるだけだ。

餡自体の味は香辛料で消える。独特な食感を加える役割と言っていい。片栗粉に同量の水を注ぎ、水溶き片栗粉を作った。餡にそのまま注ぎ、上から葉菜を散らす。それを中華鍋の魚介と野菜に加えて混ぜると、あんかけが完成した。

残り時間一分、とアナウンスがコロッセオに流れた。邸は深い器に七枚のお焦げをバランスよく並べて、お玉であんかけをすくった。

「器を持っててくれ」

おこげに均等にかかるよう注がなければならないが、スピードも重要だ。狙っていたのは音だった。

料理は目で味わうという。舌は意外に鈍感で、微細な味の違いを感知できない。それよりも、視覚による情報量の方が圧倒的に多い。人間は料理を見て、過去の経験に照らし合わせ、味を想定する。

匂いも同じで、目と鼻を塞ぐと、誰でも何を食べているかわかりにくくなる。視覚と嗅覚については十分だという判断があったが、聴覚にも訴えるつもりだった。おこげにあんかけを注げば、凄まじい音が出る。それもまた味のうちだ。

すべての感覚を刺激することで、味を際立たせる。これが最後の仕上げだ。

全体に満遍なく、素早くあんかけを注がなければ、味にばらつきが出る。それを避けたいという心理が働いていた。

小貫が両手で器を摑んでいる。邸はその中心に向けて、上からお玉であんかけを注ぎ入れた。

だが、想定していた位置が僅かにずれた。斜めに器に当たったあんかけが跳ね、小貫の右腕にかかった。予想外の高熱に小貫の手が離れ、器が傾いた。

邸はお玉を捨てて手を伸ばしたが、遅かった。作業台から器が落ちていく。その時、終了のブザーが鳴った。

7

キッチン・コロッセオ、そして会場全体から音が消えていた。すみませんでした、と小貫が右腕を押さえたまま、頭を深く下げた。

邸はフロアに落ちていた器を拾い上げた。

「片付けるぞ」

すみませんでした、と何度も繰り返した小貫が涙を拭った。

「あんかけがあれだけ跳ねると思ってませんでした。ぼくのミスです。どうすれば――」

　まず腕を冷やせ、と邸はシンクを指した。

「しばらく流水に当てないと跡が残るぞ」

「……どうして、ぼくを責めないんです？　邸さんの調理は完璧でした。素晴らしい作品になったでしょう。それなのに、ぼくが全部台なしにしたんです。殴られても文句は言えません。それどころか――」

　俺のミスだからだ、と邸は言った。

「あんかけの跳ねは予想していた。だが、時間がないとわかって強引に注いだから、あんなことになった。お前の責任じゃない。いいから、さっさと腕を冷やしてこい」

　頭を下げた小貫がシンクへ向かった。悔しいな、と邸は天井を見上げた。

　一分前、というアナウンスに焦りがあった。そのため、お玉にすくうあんかけの量を増やしてしまった。

　半分なら、あそこまで跳ねは激しくならなかったはずだ。わかっていたのに、できなかった。

　小貫もあんかけの量を見て、まずいと思ったのだろう。カバーするために器を傾けた。うまく角度を合わせれば、跳ねを抑えることができる。

あいつが正しかった、と邸はシンクで腕を冷やしている小貫に目を向けた。

小貫の判断を信じるべきだった。あのままあんかけを注いでいれば、無事に済んだはずだ。

小貫が器の角度を変えたのがわかり、慌てて注ぎ方を変えてしまった。とっさの機転でうまくいくほど、料理は甘くない。すべてが裏目に出た。

あいつは俺を信じていた、と邸はつぶやいた。俺はあいつを信じ切れていなかった。その意識の差がミスに繋がった。すべては俺の責任だ。

制限時間内に料理を完成できなかったため、邸浩然さんは失格となります、というアナウンサーの声が聞こえた。そりゃそうだ、と邸は苦笑した。

最悪の結果だが、気分は悪くなかった。やるだけのことをやり、神懸かっていると思った瞬間もあった。アクシデントで敗れたのだから、恥じることは何もない。

そして、もっと大事なことがあった。誰かを信じることの重要さを知った。生まれて初めて味わう感覚だった。

料理は一人で作るものではない。完全なワンオペだとしてもだ。

食材を育て、収穫した人。それを運んできた人。包丁や器を作った人。客はもちろんだが、多くの人との係わりあいの中、自分は厨房に立っている。

誰も信じない者に、美味しい料理を作れるはずがない。心の底からそう思えた。そのためにYBGに出場したのだとわかった。

「おい、手伝ってくれ」邸は小貫に声をかけた。「フロアが油で滑る。ひとかけらでも食材を残すな。それがプロってもんだ」

モップを持ってきます、と小貫が舞台の袖に走っていった。邸は膝を折り、落ちていた野菜をひとつずつ拾い集めていった。

8

チャレンジャー控室を沈黙が覆っていた。

過去の大会で制限時間内に料理を完成させることができず、失格になった者が二人いたが、邸は違う。アクシデントによってすべてを失った邸のことを思うと、言葉が出てこなかった。

モニターに邸の姿が映っている。チャレンジャー邸浩然、失格という文字が浮かび上がった。

画面が切り替わり、実況席が映し出された。残念です、と国丘がゆっくり首を振った。

「最後まで、手順は完璧でした。審査員全員がそう思っていたはずです。彼が試みたのは、人間の五感に訴えかける料理を作ることでした」

味覚、視覚、嗅覚、聴覚、とアナウンサーが言った。触覚もです、と国丘が手を開いた。

「おそらく、おこげを直接手に取り、そのまま食べてほしいと審査員にプレゼンするつもりだったのでしょう。多少指が汚れますが、触れることで熱や質感が伝わります。それも含めての料理ということです。不運としか言いようがありませんが、チャレンジャースピリットに満ちた料理でした。今後、大いに期待できる料理人です」

怖いな、と拓実がモニターに背を向けた。

「あのアシスタントは邸をフォローしようと思ったんだろう。判断そのものは間違っていない。だが、あんかけの跳ね方までは予想できなかった……あれはミスじゃない。アクシデントだよ。それは誰にでも起こり得る。それを考えると、一発勝負の怖さがわかる」

美味しそうでしたね、と海が言った。

「ここまで匂ってくるような、強烈な料理でした。四川は凄いなあ……残念です。食べてみたかったんですが」

モニターでは、過去の大会の映像がリプレイされていた。プレゼン、試食、いずれも邸の失格によってなくなっている。

早いラウンドで終わってしまったボクシング中継と同じで、次の海の時間まで繋ぐつもりが番組スタッフにあるのだろう。

山科が目をつぶり、両手を固く握りしめている。不安なのは薫も同じだった。

どんな形で、いつアクシデントが起きるかは、誰にも予想できない。ミスもあるはずだ。リカバリーできるのか。

五分後、ドアが開き、入ってきた邸が空いていた椅子に腰を下ろし、両足を投げ出した。

「そんな顔すんな。同情してるのか？　勘弁してくれ、カッコ悪いじゃねえか」

憎まれ口を叩いていたが、意外なほどその顔は晴れ晴れとしていた。一時間前と印象がまるで違う。何かが邸を変えたのが、薫にもわかった。

「里中、次はお前だろ？　さっさと行け、俺はここからプレッシャーをかけてやる。もう一人失格者が出れば、全部やり直しってことになるかもしれない。だろ？」

微笑んだ海が邸の肩に触れ、控室を出て行った。モニターの中でスタッフがコロッセオの清掃を急いでいた。

Competition

7

決勝

――里中　海

1

アシスタントの桑名はバックステージでモニターに目をやった。アナウンサーが里中海のプロフィールを紹介している。

昨日初めて海と会った。以前の大会でも他のチャレンジャーのアシスタントを務めたことがあるが、印象はまったく違った。

気負ったところがなく、YBGを楽しんでいるようにさえ見えた。変わった人だ、という印象がある。

スタッフに先導された海が歩み寄ってきた。頬に笑みが浮かんでいる。どういう神経をしているのか、と桑名は首を傾げた。年齢はさほど変わらない。プレッシャーを感じていないのか。

桑名さん、と海が笑みを濃くした。

「そんな顔しないでください。楽しまなかったら損ですよ」

「楽しむ……ですか？」

こんな機会はめったにありません、と海が言った。

「三百人のお客さんが見ているんです。うちの店でも、席からぼくが調理している姿を見ることはできますけど、せいぜい十人、二十人です。お客さんは多ければ多いほど楽しいじゃないですか」

「楽しむなんて無理です。邸さんのこともあって、プレッシャーが……何かミスをしたらと思うと、不安なんです」

「料理にミスなんてないですよ」海が桑名の肩に手を掛けた。「アクシデントが起きても、対処すればいいだけの話です。リラックスして、美味しい料理を作ることに集中しましょう。どうにかなりますよ」

緊張がほぐれていった。海の手、そして笑顔に癒されたのかもしれない。

「食材を見てからと言っていましたが、何を作るか決めたんですか？」

イワシのコロッケですと答えた海に、コロッケって何ですと桑名は問いを重ねた。

「これはコンクールなんですよ？　料理に上も下もないと考えてるのかもしれませんが、それにしてもコロッケはないでしょう。弁当屋の定番じゃないですか。イワシは大衆魚ですよ。審査員たちは舌が肥えています。通用するとは――」

審査員のために料理を作るつもりはありません、と海が微笑んだ。

「ぼくが作るのは、お客さんのための料理です。あれなら、誰だって美味しいと言ってくれますよ。考え過ぎず、気負わずに仕事をしてください」

コロッセオには肉も用意されています、と桑名は海の腕を掴んだ。どう考えても、イワシのコロッケでは勝ち目がない。

「メニューを変えましょう。あなたに優勝してほしいんです。イワシのコロッケで戦うのは不利です」

もちろん優勝したいですよ、と海が微笑んだ。

「母や店の常連さんたちが喜んでくれるでしょう。でも、ぼくにとって審査員たちはお客さんです。コンクールとか、優勝とか、そんなことよりお客さんに満足してほしいと思っています」

この人は他のチャレンジャーと違う、と桑名は海の腕を放した。

「指示に従います。それがアシスタントの役割ですから……」

よろしくお願いしますと海が頭を下げるのと同時に、外国人ナレーターが名前を呼んだ。扉が開き、大きな拍手が聞こえた。

2

他のチャレンジャーはある程度予想がつく、と隣の席で笹山が囁いた。コロッセオのシステムキッチンの前に立った海が自分の包丁をチェックしている。

「正直、ポルトガル料理について詳しくはない。予測不能なのはそのためもあるが、それだけじゃない。里中海……彼には、我々の常識と違う何かがあるように思える」

同じです、と志帆はうなずいた。

「彼はジャンルと関係なく料理を作っているのではないでしょうか。そんな気がします。過去の大会で、彼のようなチャレンジャーはいませんでした」

ブザーの音が鳴るのと同時に、海がオブジェに駆けより、マイワシの入った笊を摑んだ。

コンクールでイワシ類を使う料理人はいないと言っていい。大衆魚はコンクールにふさわしくない。それが常識だ。

だが、そんなことは関係ないと言わんばかりに、海はボウルに張った水の中でマイワシを洗いながら鱗をこすり落とし、指で頭を折るように落とすと、手開きで腹部を裂き始めた。

内臓をそぎ落とし、腹開きになった身から中骨を取り出す。水を流しっ放しにして、腹の内側を洗った。

そのスピードは異様なほど速かった。コマ落としの映像を見ているようだ。

海が別のボウルにマイワシの身を次々にほうり込んでいく。その頬に、笑みが浮かんでいた。

3

凄い、と桑名はボウルを見つめた。あっと言う間にマイワシの身で一杯になっている。一切崩れはない。

柔らかい身を持つマイワシは捌き方が難しく、どんな料理人であれ多少の千切れが生じるが、器用に動く海の指はまったく身を傷つけていなかった。

コロッケを作ると海は言っていた。マイワシの身をミンチにして、その後油で揚げるのだろう。

桑名には不安があった。青魚は独特の臭気を発する。鯖の生き腐れという言葉があるが、それは青魚に共通する特徴と言っていい。

動物、魚介、植物、何であれ生物は体内に酵素を持っている。ただし、その働きは種によってさまざまだ。

青魚類は他の魚よりタンパク質を分解する酵素の保有量が多いとされる。漁で漁船に引き上げられても酵素の活性が止まることはなく、筋肉のタンパク質が分解されていく。そのため、腐敗のスピードが早い。

イワシ、サバ、サンマ、アジなどは獲った瞬間から腐敗が始まっていると考えてい い。YBG委員会も新鮮さを保つために細心の注意を払っているはずだが、処理に時間がかかれば、どうしても臭気が発生する。

海が捌いているマイワシは二十尾ほどだ。ミンチにすれば、ますます臭みが強くなるだろう。香辛料を使えばある程度抑えられるが、完全にというわけではない。

そもそも、魚はコロッケに向かない。なぜ海がコロッケにこだわるのか、桑名にはわからなかった。

マイワシの身を包丁で叩いてください、と海が流水で丁寧に手を洗いながら言った。

「粗くて構いません。その方がふわっとした仕上がりになります」

桑名はまな板の上でマイワシの身を包丁で軽く叩き始めた。もともと身の崩れやすい魚だ。時間のかかる作業ではない。

海に視線を向けると、調理棚からターメリック、コリアンダー、クミン、クローブ、ブラックペッパーを取り出し、ミックススパイスの調合を始めていた。大ざっぱに計量スプーンに載せ、業務用の大型ミルに入れていく。
　正確な量はわからないが、ターメリック、コリアンダー、クミンは二グラム、クローブとブラックペッパーは一グラムほどだろうか。海がボタンを押すと、業務用ミルが十秒ほど動いて、香辛料を砕いた。

　ミックスされた五種の香辛料をビニール袋に入れ、海が何度も振った。袋の口は手で閉じているだけだ。漏れてくる芳醇な香りがコロッセオに漂った。

　桑名の脳裏に、コロッセオで下見をしていた海の姿が過った。換気扇や客席のことを尋ねていたが、それは香りのことを考えていたためだとわかった。

　ポルトガル料理がさまざまな国の食文化の影響を受けているのは、海のアシスタントを務めると決まった時に調べていた。イスラム圏の料理も含まれるため、香辛料を大量に使用する。

　香りもポルトガル料理の特徴のひとつで、それを知ってほしいと海は考えたのだろう。コロッセオ内の空気の流れはもちろん、客席との距離まで考慮したのは、拡散する範囲を計算するためだ。

　袋の口を手で閉じているのも、意図があるのだろう。完全に密閉してしまえば、香りが広がらない。

海にとってコロッセオは店であり、審査員と観客は客だ。自分の店でも同じことをしているに違いない。

調理中の料理を見ること、音を聞くこと、その時点で食事は始まっている。漂ってくる香りに食欲をそそられた経験は、誰でもあるはずだ。

コンクールにメニューはない。何が出てくるかは審査員にもわからない。だからこそ、期待が膨らむ。

自然体で料理を作る、と海は決めていたのだろう。特別な何かではなく、いつもと同じように調理し、さりげなく供される料理。

コンクールのためではなく、誰もが美味しいと感じ、笑顔になる料理。それこそが海の目指しているものだ。

コロッセオはオープンキッチンだから、料理人がどの食材を使い、どう調理するか見ることができる。音も聞こえる。

海の店は狭いという。そこでは音も香りも感じ取れるが、空間として広いコロッセオでは香りが伝わりづらい。

それでは普段通りの味を再現できない。換気扇の位置や客席との距離にこだわったのは、そのためだ。

コンクールにおいては非常識だが、海にとっては自然で、当たり前のことをしているだけなのだろう。

美味しい料理を食べてほしいと心から願っている。それこそが料理人のあるべき姿かもしれない。

「紫キャベツとトマト、それと大葉を刻んでください。葉物は一ミリ幅に揃えること」

海の指示通り、桑名は調理台の上にあった紫キャベツを刻み始めた。ＹＢＧ委員会が用意した野菜はどれも新鮮で、瑞々しかった。

包丁を洗ってください、と海が言った。

「作業台もきれいにしておくように。ぼくはいつもそれで母に叱られています」

了解です、と桑名は流水で包丁を洗い、布巾で作業台を拭った。

十分経過、というアナウンスが流れた。ミックススパイスをマイワシにふり、手で何度か混ぜた後、海がボウルごと冷蔵庫に入れた。

「しばらく寝かせます。大葉を刻み終えたら、ジャガイモをふかしてください。もうひとつ、油の準備を」

その後も海の手は止まらなかった。取り分けていたマイワシの頭、内臓、中骨と海老の殻をフライパンで炒めて取っただしに、海老のむき身を加え、同量の水と共にミキサーにかける。目の細かい笊で漉すと、スープが完成した。

味つけは塩と胡椒だけだ。その量を目で計っていることが、桑名には信じられなかった。

極端に言えば、スープは塩ひと粒で味が変わる。後で味を調えるつもりなのか。

「ソッパ・デ・マリシュコ。海の幸のスープです」

スプーンを渡した海が笑みを浮かべた。ひと口味わうと、体中に電気が走ったような衝撃を受けた。

これ以上でも以下でもない、絶妙な塩加減で味が決まっている。どうすればこんなことができるのか。

豚の背脂を煮込んでラードを作り、ニンニクとワインで香りづけをした海が、崩したクルトンと茹でた菜の花を和えた。

ミーガシュという料理です、と海が説明した。ミーガシュとは、パン屑を表すミガーリャから名付けられたという。

春のイメージが強い菜の花だが、旬は二月から三月にかけてだ。寒い季節に最も美味しくなる。ただ、これには地域差があり、早い地域では十月から出荷される。

海が選んだのは、香川県産の新鮮な菜の花だった。美しい緑とほんのり白いクルトンの色がお互いを引き立たせている。

これにミーガシュを詰めてください、と海が小さな陶製の器を差し出した。表面に描かれているのは魚介類の絵だった。

「どこにこんな器が？」

食器棚の引き出しです、と海が答えた。

「ティースプーンの容器ですが、サイズがちょうどいいので、使うことにしたんです」

桑名は器を見つめた。デザインが美しく、色も鮮やかだ。普通の洋食器より、洒落（しゃれ）ている。

あっと言う間に四十分が経っていた。冷蔵庫で寝かせていたマイワシとふかしたジャガイモの種に、刻んだ紫キャベツとトマト、大葉を合わせ、天ぷら粉、パン粉の順につけ、更に鍋の底で粗く砕いた山椒に似た小さな緑色の実をまぶして衣を作り、百七十度に熱していた胡麻油でさっと揚げた。

最後の一分、桑名は呼吸するのを忘れていた。海の指示でコロッケを青い皿の中央に配置し、上からイタリアンパセリをふりかけた。

その横に器に詰めたミーガシュを置き、スープはエスプレッソ用のコーヒーカップに注ぎ、別添えにした。

ラスト十秒のカウントダウンが進む中、海がタマネギをスライスし、コロッケの周りに散らした。すべてが終わったのは、ブザーが鳴るのと同時だった。

4

まずスープからどうぞ、と小テーブルの前に立った海が小さなカップを指した。匂いを嗅ぐと、海の香りがした。

熱いスープに唇が触れた瞬間、生きているようだと志帆は思った。口の中でスープが跳ね、動き回っている。

十年ぶりに会う友人のための料理、と海が微笑みを浮かべて話し出した。

「それは家での料理だと思いました。十年は長い時間です。久しぶりに会う友人とはゆっくり語り合いたいし、お店だと気を遣います。自分の家なら時間もマナーもありません。そのスープはソッパ・デ・マリシュコといって、ポルトガルでは一般的な家庭料理です。簡単に作れますが、重層的な味わいを持ち、それぞれの家庭にレシピがあります。初めてという方もいるかと思いますが、どこか懐かしさを感じるスープです」

器に入っているのは、と海が説明を続けた。

「ミーガシュといって、冷めても美味しいので、作りおきできるところが好まれます。菜の花とクルトンは相性が抜群です。そしてメイン……いや、そんな呼び方は似合いませんね。イワシのコロッケ、とアシスタントの桑名さんに説明しましたが、その方がわかりやすいと思ったからで、本来は干したタラ、バカリャウで作る料理です。ただ、それには三日かかります。代わりにマイワシを使うことにしました」

志帆はミーガシュをフォークに載せ、口に運んだ。濃いめの味付けを想像していたが、まったく違った。

むしろ、さっぱりとしている。器と料理の色のコントラストもいい。

ただし、スープもミーガシュも前菜に過ぎない。コロッケを食べなければ、評価はできない。

ナイフを入れると、スパイシーな香りが立ちのぼった。食欲をそそる匂いだ。

海が作ったミックススパイスは定番の組み合わせと言っていい。料理本にも載っているぐらいで、志帆もその香りは知っていた。

だが、教科書通りのミックススパイスとは違う。もっと爽やかですがすがしい。最も近いのはレモングラスだろう。なぜこれほど透明感のある香りを出せるのか。

ポルトガル料理はスパイスの料理でもあります、と海が説明を続けた。

「様々なスパイスを組み合わせ、味付けを変えていき、味を多様化させるのがその特長です。今回、ぼくが使ったのはターメリック、コリアンダー、クミン、クローブ、ブラックペッパーというオーソドックスな五種のスパイスですが、それにマーガオを加えました」

マーガオ、と志帆は深くうなずいた。馬に告げると書きます、と海が言った。

「台湾原産のスパイスで、実は山椒に似ています。香りが良く、胡椒よりも辛みはなく、山椒のように舌が痺れることもありません。前からうちの店では使っていますが、スパイスが強調されがちなポルトガル料理にマーガオを足すと、尖った味がまろやかになります。それもまた、友人との再会にふさわしいと思いました」

さくさくとした食感、そしてスパイスによってイワシの生臭さが消えている。紫キャベツとトマト、大葉がアクセントになり、スライスオニオンと合わせるとフォークが止まらなかった。

「天ぷらの原型はポルトガルの揚げ物という説があります」語源はポルトガル語のテンペラルでしょう、と海が言った。「テンペラルは味付けをするという意味です。あるいはテンペロ、つまり調味料のことだったのかもしれません。日本とポルトガルは古い友人同士だと思います。十年ぶり、百年ぶり、もっと長い時間を経ての再会だとしても、喜びは変わりません。プレゼンは以上です。後は料理をお楽しみください」

一礼した海が小テーブルから離れていった。三つの料理から伝わってきたのは、懐かしさであり、温かさだ。

コンクールでコロッケを作るのは、正攻法と言えない。それは海もわかっていただろう。

だが、高級食材を使い、贅を尽くした料理より心に響くものがあった。美味しい、と心から言える料理。それこそが里中海の作りたかった料理に違いない。

評価が難しい、と志帆はフォークを置いた。他の審査員がどう受け止めるのか、見当もつかなかった。

Competition

8

決 勝

―― 和田拓実

1

見ていたかい、と拓実はセット裏のパイプ椅子に座っていた黒沢に声をかけた。タブレットを伏せた黒沢が、静かにうなずいた。

「軽視していたわけじゃないが、予想以上だったのは認めざるを得ない」椅子から立とうとした黒沢に、そのままでいいと拓実は首を振った。「ポルトガル料理か……手際の良さは天性のものだ。天からの贈り物、ギフトだな。努力や修業で身につく技じゃない」

シェフもです、と黒沢が低い声で言った。まあね、と拓実はコックコートの埃（ほこり）を払った。

「自分を過大評価する気はないけど、ぼくにも天からのギフトがある。そして、彼より場数を踏んでいる。里中くんの料理はユニークで、心を引かれる何かがある。でも、ぼくの方が上だ」

過信は禁物です、と黒沢が言った。わかってる、と拓実は手を振った。

拍手の音と共にドアが開き、里中海が出てきた。お疲れ様と肩を叩くと、笑みを返した海が控室に向かっていった。

妙な男だよ、と海の背中に目をやりながら拓実は苦笑した。

「よし、切り替えよう。スピード勝負だ。フォローは頼む」

了解ですと黒沢がうなずいた。コロッセオの清掃が終わり、拓実の名前が呼ばれた。一際大きな拍手が客席から起きていた。

2

度胸がある、と控室に入ってきた海に邸が言った。

「YBGの決勝でコロッケとはな。意表をつかれたよ。作戦か？」

バカリャウはポルトガル料理の定番です、と海が答えた。

「気を遣わずに友達と楽しめるのは、そういう料理でしょう。難しいことを考えたわけじゃありません。自然と手が動いていました」

イワシとジャガイモのシンプルな料理ですけど、とても優しい味でしたと薫は言った。運ばれてきた海の料理を試食している。その感想を伝えたかった。

「複雑で繊細な味わいで、すごく好きです。あのスパイスの調合は、自分で考えたんですか?」

母に教わりました、と海がモニターを指さした。拓実がIH、アシスタントの黒沢がガスコンロのシステムキッチンの前に立っている。

ブザーが鳴り響くのと同時に二人がオブジェに向かい、五十種類近い野菜を選んで、作業台に並べた。

何をするつもりだ、と邸が首を捻った。

「作るのは七皿だぞ。あんな量の野菜は牛だって食えない。こけおどしのパフォーマンスか?」

そうではないでしょう、と山科が言った。

「和田さんは店でも派手な演出をするそうです。サービス精神が旺盛なのは、少し話しただけでもわかりますよ。観客を楽しませたいという意図があるのだと思います」

色とりどりの野菜が並んでいたが、カラーバランスを計算しているのが薫にもわかった。調理の前から審査員や観客の目を意識している。余裕がなければ、そんなことはできない。

拓実が腕を頭上で回した。タクトを振るオーケストラの指揮者のようだった。

3

黒沢が七枚の大きな円形の茶色い和皿を棚から取り出し、それを調理台に置いた。

拓実は目の前のロメインレタスに手を伸ばし、大きく二つに裂いた。黒沢はペティナイフを使っているが、拓実は外科用のメスだ。

メスを使うのは、パフォーマンスということもあったが、それ以上に細かい作業に適しているからだ。医大で学んでいたため、扱いには慣れている。

選んだのは最高品質の野菜類だが、部位によって味わいが違う。更に言えば、最も美味な部分がある。

どこが最高に美味しい箇所なのか、見ただけで感知できる。それこそが天から与えられたギフトだった。

五ミリ幅で長く切ったロメインレタスを、丸い皿を縁取るように並べていく。大きさを変えて切ったインゲン、オクラ、春菊、青梗菜、京菜、ルッコラなど、緑色の野菜をロメインレタスの内側に配置した。

皿の外側に近い野菜はサイズを大きく、内側の野菜は小さくしている。皿そのものを広く見せるためだ。

次に塩で茹でた松茸、エノキ、エリンギ、椎茸、シメジ、マッシュルームなどキノコ類を、それぞれの形を生かしたレイアウトで緑色の野菜の内側に載せていった。

設計図は頭の中にある。順番も決まっていた。

その後、オリーブオイルで炒めて塩で味付けしたカブ、ジャガイモ、銀杏、慈姑、牛蒡、ズッキーニ、冬瓜(とうがん)、長ネギをキノコ類の内側に並べた。

最後にニンジンやトマト、サラダビーツ、赤パプリカなど赤い野菜を皿の中央に置くと、緑、白、赤のグラデーションが完成した。

何十回も練習を重ねてきたため、すべてが所定の位置に収まっている。寸分の狂いもなかった。約五十種類の野菜、キノコを使ったサラダで、食べるのが惜しいほど美しい。五分経過のアナウンスが流れたが、それも予定通りだ。

黒沢がタルト生地作りに取りかかった。バターに熱を加え、ポマード状になったところに粉糖と塩を足し、溶いた全卵と混ぜ合わせる。そこに薄力粉とコーンスターチをふるい、ブラストチラーに入れた。

冷蔵庫で一時間以上寝かせるのが本来の作り方だが、それだけの時間はない。急速冷却が可能なブラストチラーなら、約十分に短縮できる。

ただし、少しでも凍ってしまえば、タルト生地として失敗作となる。最適な時間を見極めなければならないが、黒沢ならできるはずだ。

拓実はブルターニュ産の子牛肉のブロックをオブジェから取り上げ、フィレ肉とバラ肉を切り出した。メインになるのはフィレ肉のブリック、そしてバラ肉のブランケットだ。

肉そのものは令奈と同じだが、使う部位が違う。味わいが異なるので、印象がより際立つという計算があった。

難易度は高く、工程も複雑だが、華やいだ見た目が豪華な印象を与える。正確に調理すれば制限時間内に完成することも、この料理を作ると決めた理由だ。

刃渡り二十四センチの牛刀をフィレ肉に当て、大きく七等分した。牛刀が肉に吸い込まれていくような感覚があった。

それを黒沢に渡すと、筋や脂、腺(せん)をきれいに取り除く作業に入った。いわゆる肉の掃除だ。完璧でなければ雑味が生じるが、問題ないだろう。掃除を終えた黒沢がフィレ肉を皿に載せた。

ここからだ、と拓実は肉切りナイフを摑んだ。それを待っていたように、照明が点滅を繰り返し始めた。

志帆は思わず腰を浮かせた。点滅していた照明が消え、コロッセオをさまざまな色の光が覆っている。

4

すぐにその光が形を作った。オブジェを含めたコロッセオ全体に、巨大な城が映し出されている。プロジェクション・マッピングだとわかるまで、数秒かかった。

拓実も黒沢も白のコックコートを着ていたが、赤、黒、紫と次々に色を変えている。城で働く多数の料理人を表現しているのだろう。

幻想的な空間で拓実が肉切りナイフをふるい、フィレ肉を切り分けている。コロッセオに上がったカメラマンが撮影した肉がモニター上で拡大されると、すべてが均一な厚さになっていた。

客席から大きな拍手とどよめきの声が上がった。映像と調理のコラボレーションは、過去のチャレンジャーが使ったことのない手法だ。

派手で大掛かりな演出だが、それ自体は評価に反映されない。ＹＢＧは料理コンクールであり、最終的には味がすべてを決める。

だが、審査の基準のひとつに〝斬新さ〟という項目があった。調理法を含め、今までなかった解釈による料理という意味だ。前例のない食材の組み合わせは、最もわかりやすい例かもしれない。

ただ、インターネットやSNSで情報共有が容易になっている現代において、料理そのもので斬新さを表現するのは難しい。そのため、演出やパフォーマンスで新しさを競う料理人が増えている。

いわゆる分子ガストロノミー料理はその典型だろう。食材を分解し、想像とまったく違う料理に作り替え、味そのものも変化させる。エスプーマを使い、あらゆる食材をムース状にするのもパフォーマンスに近い。

レストラン自体がその在り方を変えてしまうこともあった。ブラインドレストランと呼ばれる、アイマスクをつけて料理を食べる店はその代表例だ。

海外では意図的に店内を冷凍庫と同じ状態にして、熱い料理を供するレストランも話題になっている。

テーブルを液晶ディスプレイにして、そこに映像を映し出し、料理を演出する店も多いが、プログラミングが複雑で、広い空間が必要になるプロジェクション・マッピングを使う店は少ない。過去にYBGで使ったチャレンジャーはいなかった。

コンクールにおいて、過剰な演出はタブーとされている。審査の対象はあくまでも味であり、審査員は無意味な派手さを嫌う。

それは拓実も理解しているはずだが、プロジェクション・マッピングの使用に踏み切ったのは、自分の料理への揺るぎない自信、そして客へのサービス精神の表れに違いない。どちらも料理人にとって必須の資質だ。

結局は味だ、と志帆は座り直した。審査員として、そこさえぶれなければいい。

コロッセオに目を向けると、拓実がブランケット・ド・ヴォーの仕込みを始めていた。

5

バラ肉を温めると肉汁が出る。黒沢がそれを再びバラ肉にスプーンでかけ、弱火で加熱していた。使っているバラ肉はブランケット用に切り出した部分の余りで、だしを取るために用いている。

牛バラ肉のブランケットは、簡単に言えば牛の煮込み料理だ。シチューに近く、フランスでは家庭料理として好まれている。同じ肉の違う部位を使うことでバリエーシヨンを披露する狙いが拓実にはあった。

プロジェクション・マッピングの絵柄が、フライパンの上で二人の料理人が作業する姿に変わっていたが、観客からはリアルとファンタジーが融合した形に見えているだろう。

副次的な意味しかないし、評価に繋がるわけでもないが、料理をエンターテインメントに昇華させるためだ、という判断があった。

拓実はフライパンに二十グラムのバターを入れ、均等に熱を加えて溶かし、小麦粉を炒めていった。黒沢がとっただし、缶詰のフォン・ド・ヴォー、そして生クリームを加え、とろみがつくまで煮込んでいく。

フォン・ド・ヴォーは子牛の骨付き肉や筋などをオーブンで焼き、水や香味野菜、各種スパイスと共に煮込んで作らなければならない。

料理人によっては数日、短くても半日掛かりの作業だ。制限時間があるコンクールでは難しい。

圧力鍋を使うことで、時間を短くすることは可能だが、プロの料理人でも失敗することがある。

市販のフォン・ド・ヴォーを使用したのはリスクを避けるためだった。時間の短縮はもちろん、全体のバランスも取りやすい。

プロがフォンを作る際、市販の缶詰を利用することはないが、コンクールではやむを得ない。ひとつのミスで、すべての段取りが崩れる。確実に美味な料理を作るのが、チャレンジャーの取るべき策だ。

黒沢がブラストチラーからタルト生地を取り出し、加熱を始めた。この辺りも事前に打ち合わせ済みだ。

別のIHコンロで焼き色が付くまで炒めた松茸、椎茸、シメジ、舞茸、そして牛バラ肉をフォン・ド・ヴォーに丁寧に沈め、後は任せると黒沢の肩を軽く叩いた。

「ぼくはフィレ肉の調理にかかる。タルト生地に注意しろ。熱が入り過ぎると堅くなるぞ」

任せてくださいと目で合図した黒沢に背を向け、拓実は常温で休ませていたフィレ肉の断面を確認した。美しいサシが均等に入り、ひと目見ただけで最上級の子牛肉だとわかる。

秤（はかり）で重量を計り、一片のフィレ肉が六十グラムになるまで削った。差があると均等な味にならない。

塩と胡椒を多めにふり、市販の干し椎茸入りのシャンピニョン・デュクセルを用意した。キノコ、白ワイン、バター、エシャロットを炒めて作るデュクセルは、素人でも扱いが簡単なペーストだが、味が落ち着くまで冷蔵庫で数時間寝かせておく必要がある。

それだけの時間はないし、こだわりもなかった。あくまでも隠し味なので、無駄な手間をかける意味はない。

円形のパート・ブリックを広げ、そこに二十グラムのデュクセルを均等に塗った。パート・ブリックとは薄いクレープに似た生地で、質感は餃子の皮に近い。

その手前に一片のフィレ肉を置き、左右を折り畳み、手前から巻いていく。拓実はパート・ブリックで包んだ七つの塊を冷蔵庫に入れた。最低でも八分待って肉の状態を落ち着かせないと、次の工程に進めない。

空いた時間を使って、拓実は作業台をきれいに拭った。染みついた習性で、汚れが気になるのは性格でもあった。

三十分経過というアナウンスが流れ、タルト完成ですと黒沢が百七十度に設定しているオーブンに手を伸ばしたが、まだだ、と拓実は首を振った。店で使っているオーブンよりも熱伝導率が低い、という見定めがあった。

すべての料理人は火入れの重要さを理解している。火を通し過ぎた料理は硬くなり、ぱさぱさした食感になる。レア過ぎれば生焼けで、食材によっては食中毒を引き起こしかねない。

だが、その境界線は常に曖昧だ。食材によって、季節や気温によって、オーブンやフライパンなど調理器具によって、あるいは火力によっても火入れの最適な時間は違ってくる。

ただし、あらゆる要素を統合した上で分析すれば、最適な解を出すことは可能だ。料理は科学で解析できる、というのが拓実の持論だった。

約一分が経ったところで、拓実はオーブンからタルト生地を取り出した。縦にカットすると、断面が美しく光っていた。

三分待って粗熱を取れ、と拓実は指示した。

「その後、一辺四センチの正方形にカット。端は捨てろ」

了解です、と黒沢がうなずいた。プロジェクション・マッピングがスピードを増して絵柄を変えている。

残り十五分を切り、拓実の腕も異様な速さで動き出していた。

6

控室にいた全員が息を止めてモニターを見つめていた。

数々の野菜で美しいグラデーションが描かれた和皿に、ガラムマサラをふった生ウニを載せたタルトを拓実が置いた。横から黒沢がオレンジ色のミモレットチーズを削り、たっぷりとかけている。

体の向きを変えた拓実が冷蔵庫からフィレ肉のパート・ブリック包みを取り出し、熱した油で二分半揚げた。

「春巻きみたいですね」

海が囁いた。確かに似てる、と薫はうなずいた。

油を切った拓実が別の皿に七つの塊を載せた。少量のバラ肉とキノコを木のレードルですくった黒沢が、それを和皿に移していく。

味付けは塩だけだが、フォンやバターにも塩分が含まれているし、クリーム仕立てなのでどうしても味が重くなる。香辛料を使えば、味わいがきつくなり過ぎると判断したようだ。

拓実がフライパンに残っていたソースに浮いた脂を混ぜ、色味を白くしてからハンドミキサーで攪拌(かくはん)した。

テクスチャーがなめらかになったのを確認した後、和皿の上のバラ肉、そしてキノコの周りにソースをかけていく。

四十分経過というアナウンスが聞こえた。コンベクションオーブンにフィレ肉のパート・ブリック包みを移した拓実が温度を設定している。モニターに七十度という数字が映った。

三分加熱したところでフィレ肉を取り出し、波形ナイフでパート・ブリックごと半分にした。断面は淡いピンク色で、トングで持ち上げると肉汁が滴り落ちた。

ラスト一分は盛り付けだった。拓実と黒沢が和皿の中央にフィレ肉のパート・ブリック包みを真横にひとつ置き、もうひとつはそれに立て掛けるようにして配置していく。

二人とも額に汗が浮いていたが、慎重にレイアウトしなければデザインが崩れる。緊張感が伝わり、薫の手のひらも汗で濡れていた。

ブザーが鳴り、拓実が両手を突き上げた。黒沢が肩で息をしている。全力を尽くした者の顔がそこにあった。

7

審査員席へのサーブを黒沢に任せた拓実が小テーブルの脇に立った。コック帽からはみ出した前髪を直す指が、かすかに震えている。体力、気力を使い果たしたのだろう。

志帆は置かれた和皿に目をやった。絵画のようだという印象が浮かんだ。それほど美しく、完成された料理だった。

濃い茶に三本の細く白い線が等間隔に描かれた和皿の縁から、中央部に向かって数多くの野菜が層を作っている。

緑に始まり、白を挟み、赤やオレンジの暖色系へと彩られた野菜がグラデーションとなり、見ているだけでも食欲をそそった。

野菜の層には、生ウニが載ったタルトが重ねられていた。漂ってくるのはウニ、ガラムマサラ、そしてチーズの匂いだ。

特にガラムマサラが強い。単なるアミューズの役割には終わらせない、という主張が感じられた。

　和皿の全体に薄く茶色のブランケット・ソースが敷かれている。そこにバラ肉のブランケット、付け合わせのキノコ、野菜、そして皿の中央にはメインとして子牛フィレ肉のパート・ブリック包みが置かれていた。

　ボリューミーで派手な構成だが、ひとつの皿の上でフレンチのコースを供する、というのが拓実の狙いなのだろう。

　四十五分という制限時間の中で、四つの料理を完成させたことに、志帆は驚いていた。品数を増やすのはプロなら難しくないが、完成度が低くならざるを得ない。ここまで完璧な料理をYBGで見たことはなかった。

　決勝進出が決まった時点で、四品の料理を作ると決めていたのか。シミュレーションに始まり、アシスタントとともに試作や練習を重ねてきたのだろう。

　だが、店の厨房とキッチン・コロッセオは違う。不慣れな場所でここまで完成度の高い料理を作り上げた拓実の才能に、畏怖すら覚えていた。

　プロジェクション・マッピングを使用したのも、パフォーマンスと思われるデメリットより、印象を深くするメリットを重視したからに違いない。

　自分の料理への揺るぎない自信がある者は、思い切った手を打つことができる。ひとつの皿の中で作られた世界観は完璧だった。他のチャレンジャーと比べても、頭ひとつ抜けている。

ただし、料理とは結局のところ味に尽きる。構想、世界観の構築、完成度、技術、その他あらゆる点で優れ、独創的であっても、美味しくなければ意味はない。

拓実の経歴や実績を考えれば、不味い料理を出すはずもないが、一品減らしてでも、他の料理に時間をかけた方が良かったのではないか。

ハードルを上げたことで、審査員たちの目も厳しくなっている。小さなミスも見逃さないだろう。

この料理のコンセプトは自然です、と笑みを浮かべた拓実が口を開いた。

「茶色の和皿を選んだのは、大地を表現するためで、そこには森があり、野菜やキノコが生えているでしょう。森は海に近く、そこでは魚介類が収穫できます。魚でも貝でもないウニをタルトに合わせたのは、海の象徴という意味です。メインとなる子牛肉の二つの料理は、森に近い牧場をイメージしました。まずサラダ、そしてウニのタルト、バラ肉のブランケット、最後にフィレ肉のパート・ブリック包みの順で味わってください。そうすればぼくのコンセプトを理解していただけると思います」

志帆はフォークでサラダを口に運んだ。数種類の小さな野菜が口の中で渾然一体となり、味わいはどこまでも深かった。

塩とオリーブオイル、そして柑橘系の果汁で味付けをしているが、それぞれの野菜が持つ自然な甘みと溶け合い、複雑でありながら芳醇な味になっている。

「自然というコンセプトにしたのは、幼い頃の記憶が原点になっています」拓実のプレゼンが続いた。「十年ぶりに会う友人との夕食、それが今回のテーマですが、ぼくはノスタルジーだと解釈しました。古い友人との再会には懐かしさがあります。共通する記憶もあるでしょう。思い出のすべてを皿に載せたつもりです」

志帆は生ウニを載せたタルトを小さく切って、ほろほろと崩れる生地と粘りつく生ウニを同時に味わった。

クリーミーで濃厚な味が、ミモレットチーズによって強調されている。美味としか言いようがない。

次にスプーンでソースをすくい、その味を確かめた。缶詰のフォン・ド・ヴォーを使ったとは思えないほど豊かな味わい。時間制限がある中、どうやってここまで深い味を作ったのか。

しかも、重さはまったく感じられない。むしろ、さっぱりとした印象さえある。バラ肉のブランケットと一緒に食べると、淡泊に思えるほどだ。

最後にフィレ肉のパート・ブリック包みにナイフを入れると、湯気が立ちのぼっった。

た。ソテーやステーキだと熱を保てない。新鮮な子牛のフィレ肉を揚げた理由がわかった。

この組み合わせは必然かもしれない、と志帆は思った。色とりどりの野菜のサラダ、オレンジが強調された生ウニのタルト、茶を基調としたブランケット。そこにフィレ肉の包み揚げを合わせたことで、全体が引き締まっている。

客に対し、料理を最高の状態で食してほしい、という想いがあるのだろう。

料理人としての拓実の意識の高さ、そして料理のレベルには感心するしかなかった。短時間にこれだけ美味な料理を四品作る技量を持つ者は、めったにいない。

志帆は四人の審査員に目を向けた。誰もが無言で口を動かし続けていた。

8

控室に運ばれてきた皿を見ただけで、完成度の高さがわかった。

四十五分という短い時間の中で、完璧な四品を作り上げる技術は薫にはない。だが、不思議なぐらい驚きはなかった。

優れた料理人として、拓実へのリスペクトがあったが、目の前にある料理には関心が持てなかった。ひとつ前の海の料理に対する想いとはまるで違った。

理由は簡単だ。海が作ったイワシのコロッケには、料理を作る者の喜びが詰まっていた。拓実の料理からはそれが感じられなかった。

完璧な設計図を引き、それに従って作り、構想通りに完成させる。それが拓実の料理だ。

最高レベルの料理を客に供する。それが拓実のプライドなのだろう。

確実に美味しい料理を提供する。その考え方を否定するつもりはない。それこそが正しい考えだとわかっていた。

料理人はまず客のことを考えなければならない。ハイレベルの料理は、客を必ず満足させる。

ただ、完全にコントロールされ、計算され尽くした料理を供する店が客にとって楽しいとは限らない。料理人の個性が感じられなければ、コンピューターが作る料理と同じだ。

拓実はプロジェクション・マッピングを使った演出を試み、絵画のような料理を作った。斬新で素晴らしい料理だが、それはすべて計算によるものだ。

最初はその味や凝った演出に、客も驚き、感動するだろう。だが、計算による料理は満点以上にはならない。

海の料理はまったく逆だ。チャレンジ精神に満ち、予測不能な料理を作る。そこに計算はない。

客を楽しませるのと同時に、自分も存分に調理を楽しむ。スタイルにこだわらず、ミスがあったとしても、それさえ料理に取り込み、更に美味しくさせるだろう。

自分も客も楽しめる料理。それこそが目指すべき場所だ。海と拓実の料理を比べることで、それがはっきりした。

モニターの中で一礼した拓実がコロッセオを去って行った。次は山科、そして最後に自分があの舞台に立つ。

何も怖くない。全力で料理を作る。考えていたのはそれだけだ。

顔を上げると、笑みを浮かべた海が親指を立てた。やってみせる、と薫は小さくうなずいた。

Competition

9

決 勝

―― 山 科 一 人

1

コロッセオの裏で待機していた井藤は腰を上げ、一礼した。山科が足を止め、大きなため息をついた。顔色は青く、浮かべた笑みも強ばっている。

自分も緊張しています、と井藤は声をかけた。

「大丈夫です、山科さんは自分のペースを守って料理を作ってください。全力でアシストします。ここまで来たら、勝ち負けじゃありません。そうでしょう？」

和田さんは凄いですよ、と山科が聞き取れないほど低い声で言った。

「四品も作るなんて、私には無理です。しかもあんな演出まで……和食は地味ですからね。和田さんの後というのは――」

かえって有利です、と井藤は言った。

「侘び寂び、幽玄を表現するのが京料理です。和田さんの料理が審査員たちに強烈な印象を与えたのは確かですが、だからこそ違いが明確になります。ネガティブになる必要はありません」

そうでしょうか、と山科が顔を伏せた。自信を持ってください、と井藤は肩を叩いた。

「打ち合わせ通り、秋鮭（あきさけ）の奉書焼（ほうしょや）きを作る……そこに集中しましょう。胸を張ってください。山科さんは決勝まで勝ち残った料理人なんですよ」

山科が背中を丸めた時、扉が開き、出てきた拓実が上気した顔を向けた。

「頑張ってください、山科さん。応援してますよ」

去って行く拓実の背中を見つめていた山科が、額に垂れた汗を拭った。五分が経過し、入場のアナウンスが流れた。

井藤は山科の背中を軽く押して、コロッセオに入った。

2

囚人のようだな、と笹山が囁いた。背が高いので、背中を丸めた山科の姿は目立った。

無理もありません、と志帆は言った。

「和田くんの後は、誰でもやりにくいでしょう。気持ちはわかります」

ブザーが鳴り、和包丁を手にした山科の指示で、アシスタントがオブジェの棚から、身のよく締まった鮭を取った。いわゆる秋鮭で、脂の乗りも申し分ない。腐敗を防ぐため、活き締めにしている。今にも動きだしそうなほど新鮮だ。

山科が鮭を三枚に下ろし始めた。包丁捌きは正確で、スピードも速い。二尾の鮭を下ろすために要した時間は三分ほどだった。

その作業を終えた時、山科の背が急に高くなった。錯覚ではなく、背筋を伸ばしたためだ。

数分で落ち着くはずもないから、開き直ったのかとも思ったが、包丁を持ったことで自然に姿勢が良くなったのだろう。

料理人は誰でも自分の体格に合った姿勢で包丁を使う。そうでなければ、存分に腕はふるえない。

山科にとっていい形だ、と志帆は思った。普段通りの姿勢になったことで、平常心を取り戻したようだ。

作った料理には、料理人の精神状態が出る。気が高ぶっていたり、緊張や動揺があると味が左右される。ここまでのチャレンジャーたちも緊張していたが、山科は早い段階でそれを克服していた。

後は体が勝手に動く。それだけの技量と経験があるのは確かだ。

その間、アシスタントがガスコンロの上に一辺三十センチ、高さ十センチほどの箱状の天火を置き、焼き網をかけていた。天火の中に備長炭がある。液体着火剤に点火棒で火をつけると、ゆっくり炭が燃え始めた。

かつて、日本料理の厨房にはオーブンがなかった。焼き方は天火で食材に火を入れるのが一般的だったが、現在はオーブンを導入している店が少なくない。

炭を使うのは遠赤外線効果のためだが、今はオーブンにもその機能がある。炭と機械は違うと言う料理人も多いが、実際にはほとんど変わらない。

天火で食材を焼くのは火との戦いであり、焼き方の負担も大きい。店にとって最も避けなければならない火事に繋がる恐れもある。

そのため、焼き鳥屋、鰻屋など数をこなさなければならない店は別だが、オーブンを使用する日本料理店が増えている。

ただし、オーブンと炭で明らかに違う点がひとつある。炭の煙による匂いだ。山科もそれを意識しているのだろう。

何を作るのかわかった。秋鮭を使った奉書焼きだ。

山科が水と日本酒を合わせた液体を霧吹きに移した。酒霧と呼ばれる料理酒の使い方の一種で、それを水に濡らした奉書紙に包んだ魚や野菜に吹き付け、天火で焼くのが奉書焼きだ。

よく知られているのは、江戸時代の松江藩主、松平不昧公が好んだスズキの奉書焼きだが、松江藩は現代の島根県付近を指し、宍道湖のスズキの旬は冬とされる。スズキでは早いという見定めが、山科の中にあったのだろう。今の旬は秋鮭だから、その判断は正しい。

スズキの奉書焼きは鱗、鰓、そして胆嚢を取り出した後、一尾をそのまま蒸し焼きにするのが一般的だ。大きさによって、火の通りを良くするため切り身にする場合もあるが、三枚に下ろす必要はない。

奉書焼きは他の魚でも使われる技法で、スズキであれ鮭であれ、作り方は変わらない。それでも三枚に下ろしたのは、料理人としての山科の矜持なのだろう。創意工夫があってこその料理人だ。

用意していた檜木を、山科が鉋で薄く削り始めた。宮大工のように丁寧な削り方だ。

紙のように薄い檜木を見比べていたが、数枚を選んで下ろした二尾の鮭の腹側、そして背側を覆った。薄い檜木に包まれた四つの身が並んだ。

檜木と鮭の身の間に、僅かな空間がある。そこに山科が長い笹の葉を差し込んだ。

大きな体に似合わず、手つきは繊細そのものだ。八分後、数十枚の笹の葉が四つの身を覆っていた。

香りが付くまで待ってから、山科が笹と檜木を外し、それぞれの鮭の身を利尻昆布で巻いた。笹と檜木は香り付けのため、アミノ酸が豊富な昆布は鮭の旨みを引き出すために使ったのだろう。

一種の昆布巻きだが、鮭の切り身をくるむ作業は決して簡単とは言えない。乱暴に扱えば身が崩れる。

山科が慎重な手つきで作業を進めている。気がつくと十五分が過ぎていた。

昆布を外した四つの切り身に藻塩を振った後、山科が霧吹きで酒霧を施し、濡らした奉書紙で素早く巻いた。

天火の上にある網に身を載せ、そのまま焼くが、単なる焼き魚とは違い、すべての部分が奉書紙で隠れている。そのため、火入れの度合いを測るのが難しい。

アシスタントが天火の中を見て、小さくうなずいた。炭に火が回ったようだ。

山科が網に四つの身を載せ、アシスタントに付け合わせの木の芽を用意させた。

炭による火入れには欠点もある。火力が定まりにくいことだ。山科はうまく火を扱えるのか。

同情めいた思いが浮かんでしまうのは、年齢のためだった。四十歳で料理の道を志すのは、常識で考えると無理がある。

だが、自分の夢をかなえるため、血の滲む思いで努力を重ねた。人生に遅過ぎることはない。それを証明するために、山科はコロッセオに立ったのではないか。

気合の入った顔で、山科が調理を続けていた。何度も網を引き出して鮭の位置を変え、火から遠ざけ、あるいは近づけている。手の動きがリズミカルで、まるでバレエのようだ。

その間、アシスタントが作業台を片付けていた。和食の料理人らしく、機敏な動きだった。

炎との戦いは十分以上続いた。これだけ入念な火入れは、志帆も見たことがなかった。

三十五分経過のアナウンスが流れた時、山科が網を外した。後は余熱でいいと考えたのだろう。

アシスタントが野草の下処理に入った。えぐみを取った野草を、本枯れの鰹節で取っただしでお浸しにしている。彩りのためで、主役はあくまでも秋鮭の奉書焼きだ。

料理と簡単に言うが、基本的にはメインに加え、付け合わせの品も含めて一品になるという勘定だ。品数が多いチャレンジャーに対し、審査員が評価を高くする傾向があるのは確かだ。戦略的に二つ以上の食材をメインにする者が、大会を重ねるたびに増えている。

だが、山科は違った。秋鮭の奉書焼きだけで勝負するつもりだ。

残り時間三分になったところで、網を天火に戻した山科が竹の筒で炭に息を吹きかけた。最後に加熱することで、旨みを膨らますための手法だ。

一分ほど息を吹き続けていた山科が四つの切り身を網から取り上げ、奉書紙を縛っていた紐をほどいた。

それぞれを二つに切ると、アシスタントがゆずの皮を散らした白磁の皿の上に秋鮭の切り身を載せていった。

山科とアシスタントが作業台を布巾で拭っている。飛んでいた炭の小さなかけらも見逃してはいない。

山科が頭を下げるのと同時に、終了のブザーが鳴った。

3

　薫はスタッフに頼み、予定より早くコロッセオの裏へ向かった。気が急いたからではなく、控室にいると集中できなかった。

　裏手に回ると、パイプ椅子に腰を下ろしていた直子が微笑んだ。笑みを返した薫に、座りなよ、と直子が隣の椅子を指した。

「そろそろ来るんじゃないかって思ってた。どう？　落ち着いてる？」

　そんなわけないと言った薫に、いい顔してると直子がうなずいた。

「やる気が出たみたいね。そうじゃなきゃ困る」

　勝ち負けじゃない、と薫は直子を見つめた。

「すべてのチャレンジャーが全力で戦ってる。あたしも自分のすべてを料理にぶつけたい。結果なんかどうだっていい」

　ブザーが鳴った。山科の調理が終わった合図だ。

　今からプレゼンと試食が始まる、と直子がコロッセオに繋がっているドアに目をやった。

「四十五分間、集中を切らさなければ薫にもチャンスがある」

二人の前にあるモニターの中で、山科が顔の汗を拭っていた。奉書焼きは昔からある料理です、という声が流れ出した。

「本来であればスズキを使うのが常道ですが、旬ではありません。それなら別の魚を使えばいい、臨機に方針を変更するのは『あじ京』の親父さんから学びました。料理はお客様のためのもので、料理人のこだわりなどどうでもいいと教えてくれたんです」

よく声が通ってるね、と直子が言った。力のある声だと薫も思った。自信がある者の声、と言った方がいいかもしれない。

「十年前、わたしは家電製品を売っていました」あの頃、料理の道へ進むとは夢にも思っていませんでした、と山科が言葉を続けた。「妻も娘もいますから、安定した仕事を捨てるなんてできません。でも、どこかで諦めがつかなかったんでしょう。何度も話し合ううちに、あなたを応援する、自分と娘のために夢を捨てないでほしいと妻が言ってくれました。テーマとは少しずれるかもしれませんが、わたしはこの料理を妻、そして娘と一緒に食べたいと思っています。十年ぶりに会った友人どころか、妻と娘がいなければ、わたしがここに立つことはなかったでしょう」

プレゼンが終わり、試食が始まった。箸と皿が当たるかすかな音だけが聞こえる。

今だから言うけど、と直子が口を開いた。

「あたし、ずっと薫に嫉妬してた」

「……嫉妬？」

そうだよ、とうなずいた直子に、何言ってるのと薫は苦笑した。

「ナオは優等生で、いつも先生に誉められていた。あたしは一度もそんなことなかった。成績はビリに近かったし、大学にも行っていない。最初に働いたのはチェーン店のファミレスよ？　滝沢シェフに出会うまで、本当の意味でイタリアンを学んだことさえなかった。ナオは東京の大学に進んで、栄養士の資格も取ってる。就職したのも一流ホテルで、あたしとは比べ物にならない。それなのにどうして――」

学校の成績に意味なんてない、と直子が肩をすくめた。

「大学や就職も同じ。あたしは高校から大学まで、ずっと成績はトップだった。だから第一志望の帝都ホテルに入社できた。でも、薫にはかなわないって最初からわかってた」

「……どういうこと？」

努力すれば一流のシェフになれた、と直子が言った。

「一つ星……二つ星クラスのシェフにはね。でも、三つ星のシェフは無理。あれは天から才能を授かった者だけが得られる勲章よ。あたしにも才能がある。だからこそわかるの。薫の足元にも及ばないって」

何を言ってるのと言いかけて、薫は口を閉じた。直子の目に涙が溜まっていた。

「もっと実力がなかったら……あのまま料理人を続けていたかもしれない。でも、ホテルで働くようになって、自分の才能の限界が見えた。どんなに頑張っても、トップにはなれない。あたしにとってそれは屈辱で、だからすべてを諦めた」

ずっと不思議だった、と薫は言った。

「大学を首席で卒業して、帝都ホテルに入社、そしてレストラン調理部に配属された。料理人を志す者にとって、憧れのコースでしょ？　それなのに二年足らずで退社して、小さな料理教室を開くなんて……理由を聞いてもナオは答えなかったけど、あたしのせいだったの？」

そうじゃない、と直子がこめかみの辺りを掻いた。

「あのままホテルの調理部にいても、それなりにポジションが上がるだけだってわかった。でも、料理や栄養学の知識は薫より上よ。それなら料理を教えて後進を育てた方がいいと思ったの」

あの選択は正しかった、と直子が微笑んだ。

「どんなに才能があっても、それに気づかない者がいる。あたしはその力を見抜くことができる。薫みたいに遠回りすることなく、自分の能力を発揮できるように教える。それが今のあたしの夢。そういう形なら、薫に勝てるかもしれない。勝ち負けの話じゃないのはわかっているけど、負けっ放しじゃ悔しいでしょ？」

ナオは何でもあたしより上だった、と薫は首を振った。

「コンプレックスがあったのはこっちよ」

ここで全力を出さなかったら絶対に後悔する、と直子が薫の肩に手を置いた。

「薫には才能がある」

薫の名前を告げるアナウンスが流れた。約束する、と薫は直子の手を握った。

「絶対に逃げない。諦めない。すべてを懸けて料理を作る」

直子が手を握り返した時、扉が開いた。三百人の観客が拍手していた。

Competition

10

決 勝

── 浅倉 薫

1

いい顔をしてる、と志帆はつぶやいた。コロッセオに立った浅倉薫は、開会式の時と別人のようだ。覚悟を決めた者の目になっている。

料理の世界では才能が重要だが、強い意志も必須だ。センスがあっても、気持ちが弱ければトップに立てない。意志だけが強い者は論外で、それはただの頑迷な料理人だ。

最終審査で浅倉薫が決勝進出を決めた時のことを、志帆は思い出していた。総合的に能力が高いと誰もが考えたが、積極的に推した者はいない。それが薫への評価だった。

だが、今は違う。全身に気迫が漲っていた。

何かがあったんだろう、と隣の席で笹山が囁いた。

「この数時間で、彼女の何かが目覚めた。めったにある話じゃないが、優秀な料理人なら誰でもそういう瞬間がある」

ブザーが鳴り、システムキッチンを挟んで立っていた薫とアシスタントが同時に左右へ動いた。役割分担を決めていたのだろう。思わず、志帆は体を前に傾けた。

2

ピラミッド形のオブジェに近づき、並んでいた五羽の雉鳩を手にした。選択を誤れば取り返しがつかないが、使うのは二羽だ。

どれも水準以上だが、その中にも優劣がある。慎重に品質を見極めなければならなかった。

ジビエはフランス語で、畜産ではなく、狩りによって捕獲した野生の鳥獣を指す。古来ヨーロッパでは狩猟が盛んで、フランスの貴族がジビエ料理を始めたと言われているが、現在では世界中で盛んになっている。地産地消という考えは、どの国の料理人にとっても常識だ。

その事情は日本も同じで、猪や鹿など野生の獣肉、あるいは鳥類を使った料理は和食にも多い。

一般的に扱われる牛、豚、鶏は品質が一定になるように管理されているが、野生のジビエは個体差が大きい。経験がなければ見定めは難しいが、料理人の腕次第で味が大きく変わるため、調理のし甲斐がある。

日本では野鳥を含め野生動物の狩猟期間が決まっている。北海道以外の地域では十一月十五日から翌年の二月十五日で、それ以外は禁猟期となる。

ただし、最近では農産物被害が増加しているため、捕獲対象となる獣も増えていた。代表的なのは鹿、猪、熊だが、鳥類では雉鳩も含まれている。

穀物類を好み、トウモロコシや大豆などを食い荒らすので、許可があれば禁猟期と関係なく捕獲できた。

真鴨（まがも）、軽鴨（かるがも）などの鴨類、雉や鶉（うずら）、雷鳥（らいちょう）など、日本には多くの野鳥が生息している。

オブジェの棚にはそれらの野生鳥の肉も並んでいたが、すべてフランスやスコットランドなどから輸入されたものだった。

雉鳩を選んだのは、日本産の食材でなければ考えていた料理が作れないからだ。羽抜きも含め下処理、そして熟成も終わっていた。

野生の鳥類にはいわゆる野趣がある。それこそがジビエ料理の核だが、数日熟成させると独特な臭みが旨みに変わる。

薫はやや小さめだが、身のしっかりした二羽の雉鳩を選んだ。うなずいた直子が野菜の棚に向かった。

丸のままの鶏と形が似ている雉鳩を調理台に載せ、半身にする作業に取り掛かった。背側に包丁を浅く入れ、その後胸側を上向きにした。

骨に当たるまで専用のナイフで胸骨に沿って切り進めていく。手羽の関節を切り外し、皮を剝がすようにしながら半身を強く引っ張った。

手順は体が覚えている。迷いなく大腿骨の関節を落とし、ナイフの刃でガラを押さえたまま半身を外した。

残りの半身も同じ要領で切り進めると、二枚の半身とガラに分かれた。ササミの部分は熱の通り方が違うので、胸肉からそこだけを外し、別の皿に移す。二羽の雉鳩を部位ごとに分ける作業に時間はかからなかった。

その間、直子がトウモロコシの実をミキサーで砕き、コーンミールにしていた。北イタリアで主食とされるポレンタを作るためだ。

パスタやリゾットではなく、ポレンタを選んだのはイタリアンの料理人としてのこだわりだった。

イタリアで修業していた時、初めてポレンタと出会った。簡単に言えばイタリア版のお粥だ。

リゾットより優しい食感で、消化もいい。薫にとって懐かしい味でもあり、日本でも広めたいという想いがあった。

ポレンタ作りは直子が担当する。薫は雉鳩の半身に目をやった。脂がのっていて、理想的な肉質だ。

最初に取りかかったのは、ソース作りだった。雉鳩の肉に合うのは白ワインとマニゲットのソースだ。

下準備として、細かく刻んだニンニクとエシャロットをアルミパンにたっぷり注いだオリーブオイルで炒めた。炒めるというより、オリーブオイルで煮る感覚だ。

炒め終えたニンニクとエシャロットを網杓子で別皿に取り、残ったオリーブオイルに白ワインを注ぎ、マニゲットを振り入れた。マニゲットはギニアショウガの別称で、豊かな香りと胡椒のような辛さを合わせ持つスパイスだ。

それとは別に直子がポルトソースを作り始めていた。百八十ミリリットルのポルト酒をフライパンに注ぎ、強火で艶が出るまで煮詰めると、デラウェアの発酵中にブランデーを加えた酒精強化ワインの香りがコロッセオ全体に広がった。

鶏のだしを加え、塩と胡椒で味を調えた。仕上げにバターでモンテし、とろみをつけるが、それは最後でいい。

二つのソースを合わせるのは、薫のアイデアだった。うまく使えば重層的な味にな

る。試作を繰り返し、マニゲットソースとポルトソースの相性がいいのはわかってい
た。
　厚手の鍋に二リットルの水を入れ、薫はポレンタ用の湯を沸かした。本来は直子の
仕事だが、今はポルトソースで手一杯だ。お互いにフォローし合うと最初から決めて
いた。
「そっちはどう？」
　フライパンを揺すりながら、直子が顔を向けた。あと四分、と薫は答えた。予定よ
り一分遅れている。
　店の厨房とコロッセオでは調理器具の配置が違う。入念に下見をしたつもりだが、
体が慣れていない。遅れが出ているのはそのためだ。
　直子が作業台に飛び散ったコーンミールを丁寧に拭いている。調理中に清掃をして
おけば、後の手間が省ける。
　オリーブオイルに火が通ったのを確かめてから、薫はアルミパンをＩＨコンロから
外した。ニンニクとエシャロットを加え、再加熱しなければならないが、まだ早い。
　薫は雉鳩の半身を胸とももに切り分け、手羽とともに刷毛でオリーブオイルを塗っ
た。塗り損ねがあれば、焼いた時に焦げてしまう。

試作を重ねていたので、直前の変更でも手順、タイミング、時間配分に問題はなかった。小学校からの友達だから、目を見れば何を考えているかわかる。他のチャレンジャーにはないアドバンテージだ。

オリーブオイルを塗り終え、薫は雉鳩の各部位を皿に載せて細かくチェックした。丁寧な仕事をするのは、身についた習慣だった。

味付けは塩胡椒だけと決めている。何かを足せば雑味になる。それだけに、塩加減は重要だ。

まな板の上に並べた黒胡椒の粒をフライパンの底で押し潰した。ペッパーミルでは細かくなり過ぎる。

舌に胡椒の感触を残すためには、大きな粒にしなければならない。フライパンで押し潰すのは、『イル・ガイン』で学んだ技だ。

ポルトソース完成、と直子が大声で言った。

「後は保温にする。ポレンタは任せて」

ポレンタ作りは難しくない。コーンミールを少しずつ熱湯に入れ、泡立て器で掻き混ぜながら加熱するだけだ。

ただし、水分が飛んだコーンミールは粘りが強くなる。十分ほど混ぜ続けなければならないが、腕力が必要な作業だった。

二十分経過、というアナウンスが流れた。落ち着け、と薫は手を強く握った。

二分ほど遅れているが、下準備は予定通りに進んでいる。焦らなくていい。冷静になれ。まだ時間はある。

冷蔵庫に入れていた雉鳩の内臓を取り出し、レバーと砂肝を切り分けた。トマトと赤ワインで煮込めばラグーができあがる。ポレンタに載せて食べるのが、北イタリアの定番だ。

タマネギ、セロリ、マッシュルーム、ニンニクを細かく刻み、バルサミコ酢と市販のブイヨンを合わせ、トマトを粗く切って煮込んでいった。

内臓の臭みを取り除くためローリエ、セージ、ローズマリーを加え、塩胡椒、そしてパルミジャーノ・レッジャーノチーズで味を調えた。

「やっぱり野鳥だね」臭いがきつい、と直子が鼻をひくつかせた。「ローズマリーを足そうか?」

赤ワインを増やした方がいい、と薫はワインボトルを手にした。レバーの臭みが強いのは想定済みだ。

五分加熱すれば、臭いは飛ぶ。蒸発する水分を補うためには、ワインを加えた方がいい。

直子がコーンミールを熱湯に入れ、掻き混ぜ始めた。ここからの十分が勝負だ。

サラマンダーの中にある網の上に雉鳩の各部位を載せ、レバーで位置を調節してからスイッチを入れた。上下から焼くグリラーと違って、赤外線バーナーの熱が出るのは上からだけだ。

両面を同時に焼く料理ならグリラーの方が勝るが、ジビエ料理は火入れがすべてと言っていい。

最後にフライパンで焼くが、この段階では肉の表面に焼き目がつくのを目で確認できるサラマンダーを使うのがベストだ。

「ポレンタは？」

苦戦中、と背後から直子の声が聞こえた。並行してカルチョーフィーの素揚げを作っているので、余裕がないのだろう。

薫はトングで雉鳩を裏返した。肉であれ魚であれ、遠火の強火が焼きの基本だ。表面をこんがり焼くと同時に、内部にも火を通さなければならない。

牛や豚のようにブロック肉であれば難しくないが、兎のような小動物、鶏をはじめとする鳥類の場合、ひとつ間違うと火が入り過ぎ、肉がぱさついてしまう。

それを防ぐためには部位の位置を少しずつ変え、満遍なく全体に火を通すしかない。どうしても時間がかかるし、注意力と集中力が必要な作業だ。

何度も繰り返すうちに、サラマンダーの熱を受けて頬が熱くなったが、気にならなかった。

火入れの作業と共に、マニゲットソースも仕上げなければならない。取り分けていたニンニクとエシャロットをマニゲットソースの入ったアルミパンに散らし、ＩＨコンロにかけた。

目の前のモニターに数字が映っている。残り時間十一分十八秒。

雉鳩の身に串を刺し入れた。どこまで熱が伝わっているか、計らなくても感触でわかる。もう少しだ。後一分。

ポレンタ完成、と直子が鍋を置いた。カルチョーフィーの素揚げも終わっている。

調理台にあった黄色、紫、赤のミニキャロットを手にした直子が皮をつけたままグラッセの準備を始めた。付け合わせというより飾りの役割だ。

薫はサラマンダーから雉鳩の各部位を取り出し、大皿に移した。肉全体から湯気が上がっている。断面はピンクがかった色合いだ。

そのまま胸、手羽、ももの肉を切り分け、別にしていたササミと一緒にマニゲットソースが入ったアルミパンにあけた。

サラマンダーは肉に火を通す調理器具で、微妙な調節まではできない。最後の仕上げとしてアルミパンで雉鳩の肉に火を入れ、ソースと絡めることでソテーを完成させる。

レシピは頭の中にある。それに従って調理を進めていたが、おかしい、と頭より先に体が感じた。熱していたマニゲットソースに入れた雉鳩の肉から聞こえる音が、想定より小さい。

同時に、鼻も異常を嗅ぎ取っていた。アルミパンの上に手をかざすと、加熱が足りないのがはっきりわかった。

正面の大型モニターに目をやると、右下に4:59と表示があった。残り時間は五分を切っている。

(ミスだ)

一瞬、頭が真っ白になった。調理には流れがあり、手が止まれば頭の回転も止まる。パニックに陥り、自分が何をしているのかわからなくなった。

「薫!」

悲鳴に似た直子の声に顔を上げると、客席に三百人の観客がいた。四台のカメラが自分の動きを追っている。天井のライトが眩しい。

ミスの原因がわかった。ニンニクとエシャロットを炒めた後、白ワインを加えた時にＩＨコンロの温度を百二十度に下げた。

強火のままでは焦げついてしまうためで、それではソースとして使えない。

雉鳩の肉をサラマンダーで焼いている間、炒めたニンニクとエシャロットを加えて再加熱したが、設定温度を百二十度のままにしていた。そのため、マニゲットソースに十分な熱が通っていない。確認を怠った自分のミスだ。

ＩＨコンロの火力を強引に上げれば、焦げついてしまうだろう。不快な香りは料理の味を落とす。審査員たちがそれに気づかないはずがない。

モニターの数字が4:30に変わった。薫はＩＨコンロの火力を一段上げたが、駄目だと頭を振った。

このやり方は違う、と直感していた。これでは中途半端な味にしかならない。

「ガスコンロ！」

大声で叫んだ直子がもうひとつのシステムキッチンに駆け寄り、つまみを捻ると強い炎が上がった。

薫はアルミパンをガスコンロに移した。一瞬の判断だった。

最適な火力は勘で察するしかない。アルミパンを持つ手が震えている。うまくいくのか、失敗するのか。

直子が元の位置に戻って、ポルトソースを小鍋に移した。アルミパンを揺すりながら、薫は大きく息を吐いた。

あの時、自分もガスコンロのことを考えた。だが、踏み出すことにためらいがあった。

数秒でもアルミパンをＩＨコンロから離せば、加熱が止まってしまう。均一に火を通さなければならないが、ガスコンロでそれができる確信がなかった。

あのままでも、それなりの味にはなっただろう。だが、料理人として妥協はできない。

強引でもやるしかないとわかっていたが、勇気が出なかった。躊躇する背中を押したのは直子だ。

(勝ち負けじゃない)

納得のいく料理を作り、客に供する。それが料理人の仕事だ。

コンクールも何もない。責任を果たすだけだ。

最後の二分間は戦争だった。薫はアルミパンでソテーした雉鳩をトングで取り上げ、胸肉、手羽、ももとササミで皿に輪を作った。

直子が輪の中央にポレンタを置き、ラグーをかけ、薫は雉鳩にポルトソースとマニゲットのソースを合わせた。二種のソースはオレンジ色と茶褐色で、皿に抽象画のような模様が描かれた。

雉鳩の周囲には黄色、紫、赤のグラッセしたミニキャロット、それにタラゴン、チャービル、イタリアンパセリを絡めた。

雉鳩の肉は表面が茶色、そして断面は薄いピンクだ。マニゲットソースの茶褐色と合わせると、やや皿全体の印象が暗くなる。野菜類とカルチョーフィーの素揚げを飾ったのは、カラーバランスを取るためだ。

ラスト一分のカウントダウンが始まっている。それぞれの皿のレイアウトをチェックし、黒トリュフを添えて微調整を済ませた時、ブザーが鳴った。

呼吸を忘れていたことに気づき、大きく息を吸った。隣では、直子がしゃがみこんでいる。

フルマラソンを走り抜いたようだ。汗で濡れたコックコートが重かった。

3

最後の追い込みは凄かったな、と笹山が囁いた。

「火入れにミスがあったのはわかっただろう？　ＩＨコンロの温度設定を間違ったんだ。慣れない調理器具を使う時、よく起きるミスだよ」

それをカバーするために、ＩＨからガスコンロに切り替えたんですね、と志帆はうなずいた。

「単純なミスですが、あの程度の応急処置で火入れがうまくいくとは思えません。あそこまでは順調だったんですが……」

料理には手順がある、と笹山が言った。

「ひとつでも段を飛ばせば、理想の味にはならない。惜しかったな」

ワゴンに皿を載せた直子が審査員席にそれを置いた。繊細な料理だと一目でわかった。センスとテクニックを合わせ持つ者でなければ、この料理は作れないだろう。

司会者に促され、薫が小テーブルの前に立った。顔が赤くなっているのは、サラマンダーの熱を受けたためだ。

その表情に気迫が漲っているのが意外だった。本人もミスをしたのはわかっているはずだが、自分の料理に自信があるようだ。

（なぜだろう）

志帆は目の前の皿を改めて見つめた。色のコントラスト、盛り付けのバランス、どちらも完成度が高い。

料理は目で味わう部分がある。だが、やはり決め手は味だ。

雉鳩の肉に火がきちんと入っているのか、ソースの出来はどうなのか。食べてみなければわからないが、不安の方が大きかった。

最後の皿を置いた直子が下がった。それではプレゼンテーションをと司会者が言うと、試食をお願いしますと薫が頭を下げた。

「彼女……浅倉さんはボクサーのようですね」

志帆の囁きに、ボクサー、と首を捻った笹山がナイフとフォークを手にした。ファイティングポーズを取り続けています、と志帆は言った。

「ポイントで負けているのは、本人もわかっているはずです。でも、試合終了のゴングが鳴るまで、勝負を捨てない……ボクシングに詳しいわけではありませんが、そんなふうに見えます」

熱い料理は熱いうちに食べる、と薫が口を開いた。

「美味しく食べるコツはそれだ、とわたしが働いている店のシェフはいつも言っています。試食をしながらプレゼンを聞いていただければと思います」

志帆は手前に置かれていた胸肉にナイフを入れ、湯気の立つ断面を見た。ソースをつけて口に入れた瞬間、衝撃が走った。

笹山が手を止めている。その表情で、何を感じたかわかった。驚き、そして畏怖だ。

「……どうなってる？」笹山の口からつぶやきが漏れた。「完璧な火入れだ。歯ごたえと柔らかさが同じ地点にある。そして――」

ソースの絡み具合が絶妙です、と志帆は言った。

「滝沢シェフの『イル・ガイン』で働き始めたのは四年前、とプロフィールにありました。本格的にイタリアンを学んだのは、その四年だけのようです。これだけの味を出せるなんて、信じられません。怖いぐらいです」

同感だ、と笹山がナイフで手羽を二つに切った。

「ここまでベストな火入れは私にもできるかどうか……あのミスは何だったんだ？それとも、あれはミスじゃなかったのか？」

いえ、と志帆は首を振った。あの瞬間、薫の顔色がはっきり変わった。ミスに気づいて動揺したのは間違いない。

では、なぜここまで完成度が高くなったのか。理由がわからなかった。

プレゼンを始めます、と薫が五人の審査員を見つめた。

「わたしは宮城県に生まれ、石巻市で育ちました。今は仙台市に住んでいます」

声音に力があった。口の中で胸肉の肉汁が弾ける感触を味わいながら、志帆は顔を薫に向けた。

4

十年前の友人、と薫は話し始めた。

「わたしにとって、それは中学校時代のクラスメイトたちです。地元を離れた人も少なくありません。連絡を取り合い、頻繁に会う友人もいますが、連絡先だけがスマホに残っているような、そんな人もいるんです」

薫は視線を左に向けた。直子が小さくうなずいた。

「その中には、二度と会えない友達もいます。でも、思い出は今も生きています。今回、わたしは会うことができなくなった友達に向けて、料理を作りました。ほとんどの食材を東北産にしたのはそのためです。岩手県から宮城県を貫く北上川(きたかみがわ)周辺で捕獲された雉鳩をメインに、東北で収穫された野菜を使ったのは、あなたを忘れないというメッセージの代わりです」

二〇一一年三月に起きた東日本大震災のことが頭にあったが、それについては触れなかった。個人的な想いを審査に結びつけてほしくない、と考えたためだ。

「北上川の水が田畑を潤し、作物を育てます。それを餌(えさ)にするのが野鳥で、雉鳩もそうです。北上川を含めた東北の景色が、わたしたちの原風景だと思っています。東北産の食材を使えば、長い間会っていなかった友達と懐かしい思い出を話すきっかけになるでしょう。料理に統一感を持たせるという狙いもありますし、地産地消という考えもありましたが、友達が喜び、楽しんでくれる料理を食べてほしいと思って作りました」

薫は頭を深く下げた。近づいてきた直子と握手すると、緊張の糸が切れたのか一瞬めまいがした。

いいプレゼンだったよ、と直子が囁いた。

「よく頑張ったね。あたし、薫のこと誇りに思ってる」

ありがとうとだけ言って、薫は直子と並んでコロッセオを後にした。全力を尽くしたという心地いい疲労感があった。

5

驚いたな、と拓実はフォークを皿の端に置いた。載っているのは薫が作った雉鳩のソテーだ。

控室に運ばれた雉鳩を切り分け、他のチャレンジャーと共に食べたが、最初に出てきた言葉はそれだった。

「レアなのに、肉の隅々まで火が均等に通っている。これだけの火入れは、誰であっても難しい。ちょっとした奇跡だよ」

腹が立つ、と邸が吐き捨てた。

「調理の工程を見ていたが、ミスがあったのは間違いない。ＩＨコンロの加熱が不十分だったんだろう。そうでなけりゃ、いきなりガスコンロに変えるはずがないからな。悪く言えば、これはまぐれ当たりなんじゃないか？　オッサン、あんたはどう思う？」

美味しいのは本当ですが、と山科が言った。

「もう一度同じ料理を作ることができるかと言えば、難しいでしょう。アクシデントによる偶然が火入れを完璧にしたのかもしれません。ですが……正直なところ、これほど美味しいジビエ料理を食べた記憶がありません。最上級の味と言っていいと思います」

この味を審査員たちはどう評価するだろう、と拓実は首を捻った。

「モニター越しでも、浅倉さんが焦っていたのはわかった。審査員たちは直接見ている。偶然のタイミングが作った料理であれば、評価できないと考えてもおかしくない」

残っていた雉鳩の肉片にソースをつけた令奈の顔に、苛立ちと不審さが入り混じったような表情が浮かんだ。

「どうしてこんな味が？　悔しいぐらい美味しい……彼女の店で食事をしたことがあるけど、これは滝沢シェフ以上の味よ。信じられない」

バットを振ったらたまたまボールに当たったんだと言った邸に、そうは思いませんと海が微笑みながら首を振った。

「偶然やまぐれで、奇跡は起きません。料理って、そんな簡単なものじゃないでしょう？　浅倉さんにはそれだけの実力があったんです。天性の資質、努力、これまでのキャリア……浅倉さんの人生のすべてが集約された料理だと思います。難しい話はわかりませんが、この雉鳩が美味しいのは誰だって認めますよ」

わかったようなことを言うな、と邸がテーブルを叩いた。彼女にそんな実力があるとは思えない、と令奈が言った。

「仙台の『イル・ガイン』は全国からグルマンが集まる名店で、滝沢シェフは国内で五本の指に入る料理人よ。浅倉さんはあの店で四年働いているけど、ポジションはロスティチェーレ、つまり焼き場担当だと聞いてる。実力があれば、もっと上のポジションについてるはずって考える方が普通でしょ？」

そこは何とも言えない、と拓実は垂れてきた前髪を直した。

「確かにロスティチェーレはポジションとしては低い。滝沢シェフは弟子に厳しいことで知られている。彼女を今のポジションのままにしているのは……何かがあると感じたからかもしれない」

「何かって？　才能ってこと？」

令奈の問いに、肩をすくめただけで拓実は答えなかった。モニターに席を立った審査員たちの背中が映っていた。

今から別室で審査が始まる。結果が出るまでは待つしかない。

拓実は時計を見た。過去の大会では二、三十分ほどが審査に費やされている。それは今回も同じだろう。

「どうする？　順位の予想でもするか？」

下らん、と邸が鼻を鳴らした。モニターに今日のダイジェスト映像が流れ始めた時、薫が控室に入ってきた。

海が椅子を勧めると、蒼白に近い顔色の薫が腰を下ろし、静かに目をつぶった。

Competition

11

結果発表

1

午後四時二十五分、ＡＤが控室のドアを開けた。いよいよだ、と手をこすり合わせた拓実が立ち上がった。

薫は天井を見上げ、大きく息を吐いてから控室を出た。六人のチャレンジャーが廊下を進んでいる。誰もが無言だった。

セット裏からコロッセオに入り、令奈を先頭に出場順で並んだ。後ろにそれぞれのアシスタントが立っている。

全チャレンジャーが揃いました、とアナウンサーがマイクを手に言った。

「ただ今より国丘大会委員長による結果発表、そして講評が始まります」

五人の審査員が席に着いたのを確認したアナウンサーが頭を下げると、大会委員長の国丘が舞台袖から姿を現した。センターマイクの前に立って客席に一礼してから、チャレンジャーの方を向いた。

ピラミッド形のオブジェの上にある巨大モニターに、ジャッジについての説明が表示されていた。

審査員は各チャレンジャーに五点満点で点数をつけるが、他に〝インプレッションポイント〟と呼ばれる印象点を一点だけ持っている。最も印象が強かったチャレンジャーに与えられるポイントだ。

審査は五人の審査員が五点満点でつけ、国丘はそれに加わらない。ただし、インプレッションポイントは持っている。トータルの点数が最も高いチャレンジャーが優勝だ。

お疲れさまでした、とマイクの前に立った国丘が微笑んだ。

「まず言っておきたいのは、今回ほどレベルの高い大会は過去になかったということです。喜ばしいことではありますが、その分、講評が長くなるかもしれません」

〝フィガロの結婚〟序曲の前奏が流れ、さらにファンファーレが鳴った。音楽が止まり、コロッセオを照らす照明が明るさを増した。

志帆は右手を強く握った。結果がわかっていても緊張する。それはいつものことだった。

残念ですが一名の失格者が出ました、と国丘が邸に目を向けた。

「結果は変わりませんが、審査の過程であなたへの評価が高かったことを伝えておきます。持てる技術をフルに使い、インパクトのある料理に挑む姿勢は感動的でした。

味覚、嗅覚だけではなく、五感すべてに訴える料理というのも、斬新な試みと言えるでしょう」

邸が顔を背けた。悔しいのだろう。

「来年、あなたの料理人歴は十年になります。ＹＢＧへの出場資格はなくなりますが、戦いの場は他にもあります。我々はあなたに期待しています。今後、更に努力を重ねれば、素晴らしい料理人になるでしょう」

ひとつだけ、と国丘が指を一本立てた。

「あなたが目指していた料理に、強い自己主張が感じられたのは確かです。料理人は自分を表現するために料理を作りますから、そこに主張が入るのは当然でしょう。しかし、それを客に押し付けるのは間違っています。それではただの自己満足に過ぎません」我々はあなたのことを何も知りません、と国丘が言葉を継いだ。「わかっているのは経歴だけです。転々と店を替えるのではなく、腰を据えて学ぶべきです。理由はともかく、不満や不遇感、他人への不信があるのかもしれません。ルーツが中国にあることをハンデと感じることもあったでしょう。ですが、料理には国籍も人種も、政治も宗教も文化も関係ありません。美味しいか不味いか、あるのはその二つだけです」

料理の素晴らしさはそれだ、と志帆はうなずいた。恩讐を超え、同じテーブルを囲むことができる。料理に国境はない。

過去にも例がありますが、と国丘が言った。

「失格したとはいえ、インプレッションポイントが二点入ったことを伝えておきます。あなたのチャレンジャースピリットに対するポイントです」

邸が顔を上げた。顔に笑みが浮かんでいた。

2

コロッセオを出た邸は立ち止まって廊下の天井を見上げた。背後にいたアシスタントの小貫も足を止めた。

悔しかった。失格になったのは自分のせいだ。

戦略はベストだった。五感に訴えかける料理は、他のチャレンジャーにないコンセプトだ。高い評価を受ける自信もあった。

だが、小貫を信じ切れなかったのは失敗だった。かたくなな性格が仇（あだ）になった。失格は当然の結果だ。

邸はコックコートのポケットに入れていた飛行機のチケットを破り捨てた。負けたら母方の親戚を頼り、香港で働くつもりだったが、それは逃げだ。

日本で一流の料理人になる。それだけの価値が、この国にはある。

料理は面白いな、とつぶやきが漏れた。何です、と後ろにいたアシスタントの小貫が言った。

何度でもチャレンジしてやる、と邸は笑顔を向けた。

「国丘委員長も言っていたが、戦いの場は他にもある。YBGに出てよかったよ。すべてを一からやり直す。腕を磨いて、必ずトップに立つ」

邸さんならできます、と小貫がうなずいた。邸は胸を張って廊下を歩き出した。

3

結果を発表します、と国丘が持っていたジャッジペーパーに目をやった。

「第五位。川縁令奈。得点は三、三、四、四、四。インプレッションポイントはゼロ。トータル獲得点数は十八点です」

令奈の顔色が変わった。唇が震えている。ジャッジに不満があるのだ。

川縁さんの料理は伝統と格式を兼ね備えた見事なクラシックスタイルのフレンチでした、と国丘が講評を始めた。

「メインの牛肉は品質も最上級でしたし、調理の工程も計算され尽くしていました。クラシックなフレンチはヘビーな印象を与えますが、そこをライトに仕上げていた手際は見事の一言に尽きます。技術だけで言えば、他のチャレンジャーを上回っていたかもしれません」

令奈の頬が赤くなった。それならどうして、と言いたいのだろう。

ただし、マイナス面があったのも事実です、と国丘が言葉を継いだ。

「あなたが使ったのは熟成された最高品質の牛肉、その他フォアグラ、トリュフなど高価な食材ばかりでした。もちろん、ルールで認められていますし、それ自体に問題はありません。しかし、あなたの料理は足し算に過ぎないというのが、審査員たちの結論でした。厳しい言い方になりますが、あれだけの食材を使えば、誰でも一定以上のレベルの料理を作れるでしょう。それはYBGの理念に反します」

もうひとつ、と国丘が指を一本立てた。

「途中で、あなたはアシスタントを大声で叱責しました。厨房は戦場です。時にはそういうこともあるでしょう。ですが、あの場面でその必要はなかったはずです。どんな料理であれ、一人で作るわけではありません。アシスタントとの間に信頼のない料理は、底が浅く感じられます」

令奈が唇を噛んだ。最後に、と国丘がモニターに目をやった。

「あなたの料理を食べて、十年ぶりに会う友人の姿が頭に浮かんだ審査員はいませんでした。素晴らしい料理でしたが、ただそれだけというと酷でしょうか」

講評の際、欠点を指摘するのはいつものことだ。今後の成長の糧(かて)になれば、という想いが国丘の中にあるのは志帆も理解していた。だが、これだけ厳しい言葉を浴びせるのは初めてかもしれない。

それは令奈への期待の表れだ。有名シェフを父親に持ち、若手女性料理人としてたびたびメディアにも取り上げられている。今後、日本のフレンチを牽引していく料理人の一人なのは間違いない。

だからこそ、あえて国丘は強い言い方をしている。令奈はどう受け止めているのだろう。真意が伝わっていなければ、何の意味もない。

令奈の表情が強ばっていた。プライドの高い性格だ。辛辣(しんらつ)とも言える指摘に、傷ついているのかもしれない。

以上ですと言った国丘に、ありがとうございますと令奈が頭を下げた。声がかすかに震えていた。

4

(まさか)

真っ先に自分の名前を呼ばれたことが信じられなかった。失格した邸を除き、最下位という結果を、受け入れることができない。

だが、国丘の指摘は正しいとわかった。どこかで傲慢になっていたのだろう。点数が伸びなかった理由はそれだ。

店の規模にもよるが、スーシェフは実質的な意味で厨房の指揮官だ。スタッフに指示する立場だが、そこに落とし穴があった。

スタッフは自分の手足で、指示に従っていればいい。そんな独善的な考えが頭にあったのは否めない。

スタッフとのコミュニケーションをもっと密にするべきだった。厨房の全員が力を合わせれば、より美味な料理を作ることができる。

令奈は小さく首を振った。知り合いは多いが、友人と呼べる者の顔が浮かばなかった。それもまた、傲慢さが招いた結果だろう。

でも、と周囲を見回した。技術では負けていない。その自信はある。

もう一度、コロッセオに立つと決めた。敗北が糧になる時がある。今がまさにその時だ。

驕（おご）りや傲慢さを捨て、謙虚になれば、それだけで変わる何かがある。心と技がきれいに重なれば、新しい自分に出会えるはずだ。

無言でチャレンジャーの列から離れた。それが決まりだった。

廊下を歩いていると、涙が浮かんできた。大丈夫です、と背後にいた安藤が言った。

「必ずチャンスが来ます。その時は、また一緒に戦わせてください」

指で涙を拭った。第四位の発表ですという国丘の声が、後ろから聞こえていた。

5

「第四位、山科一人。得点、四、四、四、四、五。インプレッションポイント、一点。トータル獲得点数二十二点」

山科が顔に手を当てた。驚きの表情が浮かんでいる。

ＹＢＧはある意味で特殊なコンクールです、と国丘が口を開いた。

「参加資格は料理人歴十年未満、それだけです。料理のジャンルや年齢、経歴、その他何も問いません。ただ、我々が想定していたのは、二十代から三十代前半の料理人です。四十四歳のチャレンジャーが現れるとは考えていませんでした」

高校を卒業して、すぐに料理の世界に入ったとしても、その時点で十八、九歳だ。九年経験を積めば三十手前で、専門学校などに通ったとすれば、三十五歳前後となる。四十代の料理人で歴十年未満という者はほとんどいない。

そして、ＹＢＧには若手料理人の発掘、育成というコンセプトがある。審査員たちの間で山科の参加資格を問う声が上がったのは、やむを得なかっただろう。

過去の大会でも四十代のチャレンジャーはいません、と国丘が言った。

「しかも、あなたは経験が四年しかない。何をどこまで学んだのか、そんな疑問が全審査員の中にありました」

不明を恥じるばかりです、と国丘が頭を掻いた。

「あなたが作った料理は、期待を遥かに上回っていました。味はもちろんですが、美的センス、細やかな心くばり、あらゆる意味で素晴らしかった。十年修業を積んだ者でも、あの味を出すのは難しいでしょう。真摯に料理と向き合ってきた証拠です。あなたの料理からは、命を食べることの貴さが感じられました」

山科が頭を深く下げた。評価されたのは、と国丘が話を続けた。

「食材の無駄を極力廃していたこと、シンプルでありながら奥深い味、丁寧な仕事ぶりもそうです。調理終了時に作業場が磨き上げられたようにきれいになっていましたが、それは料理人の基本です。あなたは自分の仕事を完璧にこなしていました。だからこそ、雑味のまったくない料理に仕上がったのでしょう」

優しい味でした、と国丘が目を細めた。

「奉書焼きと言えばスズキですが、それを秋鮭に変えたのも正解でした。旬の食材を使うのは、基本中の基本です。伝統を踏まえた和食にあなた自身のオリジナリティを加え、新しいひと品にした。素朴ですが、心のこもった料理です。ただ、僅かに塩加減がばらついていました。そこが減点対象です」

肩を落とした山科に、プレッシャーがかかっていたのはわかります、と国丘が言葉を継いだ。

「審査の最大の基準は味です。そこにぶれがあると、点数をつけることはできません。惜しかった、と審査員の側から意見が上がっていました。スタートが遅かったと思っているなら、そんなことはないとだけ言っておきましょう。人生に遅過ぎることなどない、とわたしたちは知っています。今後の精進に期待しています」

ありがとうございます、と涙声で言った山科が深々と頭を下げた。客席から大きな拍手が起きた。後列で妻の芳美と娘の琴葉が立ち上がり、誰よりも強く手を叩いているのが見えた。

コロッセオを出た山科は、手の甲で目を拭った。自分は間違っていない。

四年間の努力は無駄ではなかった、と顔を上げた。アシスタントの井藤が大きくうなずいた。

他のチャレンジャーと比べて経験は浅く、YBGのコンセプトからも外れている。決勝まで進めたのが不思議なぐらいで、厳しい評価を下されると思っていた。

順位は四位だが、結果は関係ない。妻との約束を守り、最後まで全力を尽くした。それで十分だ。

胸を張って妻と娘に会おう。二人とも心から祝福してくれる。誇りに思ってくれる。

国丘の言葉が胸に沁みた。何かを始めるのに、遅過ぎることはない。

自分の信じた道を進めばいい。失敗してもやり直せる。それが人生だ。

井藤が手を差し出した。

「あなたのアシスタントを務めたことを誇りに思います。感謝しています」

山科は井藤の手を握り、ありがとうございましたとだけ言った。大粒の涙が頬を伝っていた。

6

薫は辺りを見回した。コロッセオに残っているのは和田拓実と里中海、そして自分だけだ。信じられなかった。

全力を尽くして戦ったが、それは他のチャレンジャーも同じだ。三位まで残れる自信などなかったし、もっと早く名前を呼ばれると思っていた。

足が地につかない。雲の上に立っているようだ。

拓実、そして海の顔を順に見た。拓実は自らの優勝を確信しているようだ。品数が多く、圧倒的な技術を誇り、パフォーマンスも完璧だった。自信があるのだろう。

海はどうなのか。ぼんやりした笑みを浮かべているだけの顔からは、何もわからなかった。

7

　第三位、と国丘がマイクに半歩近づいた。

「里中海、得点、五、五、五、三、四。インプレッションポイント、一点。トータル獲得点数、二十三点」

　会場から拍手が起きた。二十年前と比較すれば、と国丘が口を開いた。

「世界中のレストラン、料理人の情報が容易に入手できるようになりました。SNSを通じ、積極的に自分の料理を発信する人、レシピを公開する人も増えています。それは料理のボーダーレス化に繋がり、次々に新たな流行が生まれていると言っていいでしょう」

　一世を風靡したヌーベルシノワ、ヌーベルキュイジーヌ、そして分子ガストロノミー、更にはフュージョン、イノベーション料理、と国丘が指を折った。

「近年、注目が集まっているのは北欧料理です。それもまたインターネット、SNS文化によるもので、現地へ行かずとも学ぶことが可能になっています。ですが、ポルトガル料理はまだ未知の分野と言っていいのではないでしょうか」

海が照れたような笑いを浮かべた。ポルトガルは西ヨーロッパの国です、と国丘が言った。

「地理的環境からフランスその他ＥＵ諸国、イスラム文化圏、アフリカ文化圏とも繋がりがあり、ユニークで多種多様な食文化が生まれています。ただ、ＹＢＧはコンクールです。審査の対象は何よりも味ですが、全体のルックスも重要になります。あなたの料理は華やかさに欠けていました。そこがマイナスポイントになったのも確かです」

家庭料理の延長に過ぎないのではないかという意見もありました、と国丘が話を続けた。

「コンクールにふさわしい料理と言えるかどうか、判断が難しいところです。食材の組み合わせ、スパイスの使い方など、評価されるべき点は数多くありましたが、もう少しアレンジを加えていれば、結果は違っていたかもしれません」

頭をぴょこんと下げた海が、手を振ってコロッセオを後にした。子供のような仕草だった。

志帆は残った二人を交互に見た。悠然と微笑を浮かべている和田拓実と、顔を伏せている浅倉薫。対照的な二人がそこにいた。

ＹＢＧの最終的な目標は、と国丘がマイクに向かった。

「世界に通用する料理人の育成です。世界で活躍している日本人料理人は少なくありませんが、もっとその数が多くあるべきだと考えています」

この十年、そのために国丘が奔走してきたのを志帆はつぶさに見てきた。スポンサーの獲得に始まり、ＹＢＧ委員会の立ち上げ、番組としてのパッケージ作り、その売り込み。

国丘が持つ危機感は、志帆も共有している。この二十年、料理業界そのものが衰退しつつある。徒弟制度が強く残る料理の世界を敬遠する若者が増えていた。

東京は食都であり、日本は食の国でもある。他国の食も貪欲に取り入れ、その手法を応用する自由さがその特徴と言える。

味への理解力も高く、手先が器用なためにアレンジも巧みだ。東京で食せない料理はないと言われるが、その通りだろう。

だが、多くの料理人が現状に満足し、挑戦する気概を失うようになっていた。それは日本の食文化の衰退を意味する。

それを防ぐためには若手料理人を育成するしかない、と国丘が各方面に働きかけ、賛同した者たちの協力によってＹＢＧが生まれた。

過去の大会では優れた才能を持つ者が見い出されていたが、世界的な水準に達していないのか、ミラノの世界大会で結果を出した者はいない。

あの二人なら、と志帆はコロッセオに目をやった。その壁を破ってくれるのではないか。そう思わせるだけの何かがある。

ファンファーレが鳴った。残る二人の得点を発表します、と国丘がマイクに口を寄せた。

8

「和田拓実、得点は五、五、五、五、四、インプレッションポイントはゼロ。トータル獲得点数は二十四点。浅倉薫、得点は五、五、五、四、四、インプレッションポイントは二点、トータル獲得点数は二十五点。第十回ＹＢＧの優勝者は浅倉薫さんです」

後ろから直子が背中を強く叩いたが、国丘が何を言っているのか、薫にはわからなかった。三百人の観客、五人の審査員がスタンディングオベーションを贈っていたが、それも信じられなかった。

実績も、キャリアも、技術も、経験も、何もかも拓実の方が上だ。決勝で作った料理の素晴らしさは、見ただけでわかった。

味に曖昧なところは一切なく、すべてがパーフェクトだった。あそこまで完成された料理を作る力は自分にない。拓実が優勝するのではなかったのか。

講評を始めます、と国丘が拍手を制した。

「得点差は僅か一点、これほど僅差だった大会は過去にありません。二人の実力が伯仲していたことを物語っています」

まず和田さんですが、と国丘が拓実に顔を向けた。

「四人の審査員が満点の五点を入れ、残りの一人も四点でした。二十四点というのは、過去最高得点です」

浅倉さんは、と国丘がジャッジペーパーをめくった。

「満点が三人、四点が二人でトータルは二十三点です。しかし、インプレッションが二ポイント加算されたことで、総合獲得点数が二十五点となり、優勝者は浅倉さんと決定しました」

審査についてですが、と国丘が続けた。

「構成力は和田さんの方が上でした。四十五分という短い時間の中で四つの料理を作り上げたスピード、テクニック、指示の的確さも高く評価されました。味に一切の揺らぎがなく、これ以上何かを足したり、あるいは引く必要もないという水準にあります。あそこまで完成度の高い料理をコロッセオで作るのは、誰にとっても難しいでしょう」

心技体の充実ということです、と国丘が額の汗を拭った。

「四つの料理をひとつの皿にまとめ、その演出にプロジェクション・マッピングまで用いたのは非常に戦略的でした。安易な演出は料理の質を落としかねませんが、そのリスクに果敢にチャレンジした姿勢も含め、今後の活躍が期待できると断言できます」

客席から拍手が起こった。少しの間黙っていた国丘が、半世紀近くこの業界にいます、と口を開いた。

「料理専門学校の理事長として、長い間料理について考え続けてきました。それでも、わたしには料理のことがわかりません。ただし、奇妙であり、不可解であり、不思議ですらありますが、心に響かない料理と、逆に感動を覚える料理があるのは確かです。その観点から考えると、圧倒的に浅倉さんの方が上でした。インプレッションポイントが二ポイント入ったのはそのためです」

一瞬不服そうな表情を浮かべた拓実に、あなたの料理には欠点がまったくありませんでしたと国丘が言った。

「入念な準備をして構想を立て、優勝するための料理を構築した。試作を重ね、秒のタイミングまで計ったのでしょう。しかし、計算が透けて見えてしまったのは誤算だったかもしれません」

誤算、と拓実がつぶやいた。あなたの戦略は優勝するためのものです、と国丘がうなずいた。

「コンクールにおいて、それは大前提ですが、審査するのは人間です。完璧な準備、手順、凝った演出、パーフェクトな味、それが絶対の正解にならないところが、人間の面白いところです。あまりにも完璧であり過ぎると、作り手の姿が見えなくなり、心に響きません」

浅倉さんは逆です、と国丘が薫に目を向けた。

「あなたの調理にはミスが目立ちました。時間配分、手順、不慣れなキッチン、アクシデントもありましたね？　予定通りに進まなかったことも多かったでしょう。にもかかわらず、あなたの作った料理は素晴らしかった」

他に言葉がないほどですと言った国丘の顔に、笑みが浮かんだ。

「あらゆる困難をはねのけ、果敢に挑戦を続けていました。真摯に料理に向き合っていなければ、そんなことはできません。その姿勢が感動に繋がったのです」

他の料理コンクールであれば、と国丘が言った。

「和田さんが優勝したでしょう。浅倉さんの料理は〝素晴らしかった〟ですが、和田さんの料理もまた〝素晴らしかった〟のです。味はもちろん、多彩な技や、演出まで含めた構想力は、高い評価を得たでしょう。ただひとつだけ、印象が薄いという欠点があります」

拓実が顔を上げた。あなたの料理は完璧すぎます、と国丘がうなずいた。

「何の破綻もない料理、危うさのまったくない料理に、驚きや強い印象はありません。浅倉さんの料理には心を打つものがあります。二人の審査員がインプレッションポイントを浅倉さんに入れたのは、困難な状況でも諦めない精神的な強さへの評価です」

決定的だったのはプレゼンでした、と国丘が言った。

「和田さんのプレゼンは、わかりやすく、明快で、テーマに沿う形に落とし込んだ構成も巧みでした。点数で言えば九十点を確実に取れる内容でしょう。しかし、そこに物語はなかった」

料理は新しい次元に突入しています、と国丘がマイクを強く摑んだ。

「わたしたちは目の前の料理を食べるだけでなく、それを作った料理人のヒストリーを知りたい、理解したいと考えるようになっています。更に言えば、食材の産地、生産者の顔が見えるような料理を食べたいと思っています。和田さんのプレゼンからは、それが見えませんでした」

浅倉さんのプレゼンには、と国丘が顔の向きを変えた。

「あなたの人生がありました。東北産の食材にこだわった理由もよくわかります。そこまで考えていたからこそ、あの味が生まれたのでしょう。目に見える得点差は一点ですが、もっと大事な、目に見えない部分で浅倉さんが上だったと我々審査員は考えたのです」

若き料理人たちに拍手を、と国丘が客席に向かって言った。

「彼ら、彼女らが世界の料理界を変えていくと信じています。今後、更なる活躍を期待しています」

国丘が頭を下げた。大きな拍手がコロッセオに響き渡った。

9

その後、何があったのか、薫には断片的な記憶しかない。テレビカメラ、新聞、雑誌等のカメラマンによる撮影、矢継ぎ早に繰り出される質問、何度もその波が続き、もみくちゃにされている感覚があった。

二時間以上経っていると思ったが、実際には三十分ほどだった。ようやく落ち着いたのは、チャレンジャー控室に戻った時だ。

おめでとうございます、と笑顔で言った海と山科が手を差し出し、薫、そして直子と握手した。その横で、お疲れと邸が仏頂面のまま言った。

「ＹＢＧはコンクールで、勝負の場だ。あんたが勝ち、おれが負けた。それは認める。だが、これだけは言っておく。まだ勝負はついていない。始まったばかりだ。覚悟しておけ」

物騒だな、と先に戻っていた拓実が笑った。長い戦いになるぞ、と邸が椅子から立ち上がった。

「じゃあな、おれは広島に帰る。また会おう」

邸が出て行った。山科がドアの横でスマホを耳に押し当て、興奮した様子で話し始めている。やり切った、という声が聞こえた。

「浅倉さん、和田さん。二人とも最高の料理でした」美味しかったです、と海が言った。「正直に言うと、ぼくは長崎にあるうちの店で、お客さんに美味しい料理を出していれば、それでいいと思っていました。でも……」

眩しいほど目を輝かせた海が、料理って面白いですねと微笑んだ。

「こんなに奥が深いなんて、思ってもいませんでした。ＹＢＧに参加してよかったです。時間のある時、ぜひ長崎へ来てください。歓迎します」

海がスマホを出して、薫、そして拓実とＬＩＮＥを交換した。

必ず行きます、と薫はうなずいた。コンクールという枠を外した海の料理を食べてみたかった。

ぼくも、と海が囁いた。

「そうだったんですね……あなたにとって、本当に大切なのは――」

東日本大震災の時、薫は山の上にある寺に避難していた。五十人ほどがいたが、そのうち二十人は子供だった。

二日間、口に入れたのは水だけだ。救助が来た時、配られたおにぎり。子供たちが泣き笑いの顔でそれを食べていた。

料理は人を幸福にする。あの時、心からそう思った。

美味しい料理を作り、誰かを笑顔にする。そのために料理人になった。

いつの日かこども食堂を開くと決めたのも、誰かの笑顔のためだ。海にはそれがわかったのだろう。

一度長崎に帰って落ち着いたら、と海は言った。

「また東京に来ますよ。もちろん、仙台にも行きます」

拓実が海と握手した。手を振った海が山科と共に控室を後にした。

彼とはまた会うだろう、と薫は思った。お互いの店へ行くというレベルではない。どういう形であれ、今後競い合う相手になる。

里中くんのことだけはわからない、と拓実が首を振った。控室に残ったのは他に薫と直子、そして黒沢だけだった。

「彼には他のチャレンジャーにない何かを感じる。ぼくが準優勝したのは、運が良かっただけかもしれないな。浅倉さんとは違う意味で、ライバルになるだろう。彼が本気になったら……」

和田さんはすべてを計算した上で料理を作ることができる、と直子が言った。

「簡単に言うけど、誰にでもできることじゃない。でも、里中くんは違う。計算を無視して料理と向き合っている。それは……」

料理の才能を神から与えられた者。それが里中海だ、と薫はうなずいた。

「令奈は帰ったみたいだな」プライドが高いからね、と拓実が言った。「負けを認められない性格だ。それは長所でもあり、短所でもある。彼女も必ず立ち上がってくる。それだけの強さを持っている」

ＹＢＧでは君たちに負けた、と拓実が薫と直子を見つめた。

「だが、邸も言っていたように、これで終わりじゃない。アジア大会、そして世界大会が待っている。まずは香港だ。楽しみにしてる」

わたしもです、と薫は手を差し出した。君の料理は美味しかったと握手した拓実が黒沢を連れて控室を出ていった。

疲れた、と直子が椅子に腰を下ろした。

「なんだか実感がわかない……薫は？」

あたしもそうだけど、と薫はうなずいた。

「でも、やっぱり嬉しい。きっと、あの五人とまた会う日が来る。今度は競い合うんじゃなくて、違う形で……」

どうしたの、と直子が首を傾げた。

「優勝して嬉しいってことじゃないの？」

もちろんそうだけど、と薫はうなずいた。

「それより、わかり合える友達ができたことが嬉しい。あたしたちは同じ舞台で戦い、それぞれベストを尽くした。みんな、同じものを見ていたはず」

「同じもの？」

料理が好きだってこと、と薫は言った。

「今までも、その思いはあった。でも、どこか自信が持てなかった。想いの強さがわからなかったのかもしれない。たぶん、それはみんなも同じで、このコンクールを通じてそれぞれが自分自身を理解できたんじゃないかって……」

薫は一人じゃないよ、と直子は言った。

「あの人たちとなら、どこまでも行ける。これが最高の味ですって、世界に見せつけてやろう。あたしも一緒に行く」

ありがとう、と薫は頭を下げた。優勝できた本当の理由、それは直子だ。

誰よりも親しい直子に、自分の料理を食べてほしい。その思いをテーマに重ね合わせた。

直子の喜ぶ顔が見たかった。だから、最後まで諦めずに戦えた。

「さあ、ここからだよ」励ますように直子が薫の肩を叩いた。「アジア大会はＹＢＧとルールが違う。まずはそこから考えないと……今から打ち合わせする？」

少し休ませてと手を合わせた薫に、甘えないでと直子が笑った。遠くで〝フィガロの結婚〟序曲が流れていた。

10

今回で審査員を降りようと思っていました、とホテルのエントランスで志帆は言った。

「五十五歳になりました。優秀な若い編集者が育っています。席を譲るべきだと……」

そうだと思ってたよ、と国丘がうなずいた。

わたしは料理雑誌の編集長です、と志帆はタクシーを待つ列の後ろについた。

「他の審査員は料理人ですから、客観的になれないこともあるでしょう。そのために先生がわたしを審査員にしたのはわかっています。でも、結局は素人なんです。わたしのジャッジで、誰かの人生が変わるかもしれない……それを考えると、怖くて胃が痛くなるほどでした」

我々も老いた、と国丘が苦笑を浮かべた。

「わたしだって自分の感覚に自信を持てないこともある。だが——」

そうです、と志帆はうなずいた。

「わたしが間違っていました。チャレンジャーと同じように、わたしも懸命に学び、努力すればいいだけのことです。逃げようとしたのは、心が弱かったからです。これからも若い料理人を応援していきます。よろしくお願いします」

それが我々の義務だ、と国丘がタクシーに乗り込んだ。ここで失礼します、と志帆は頭を下げた。

心のどこかに興奮が残っている。しばらく歩いてから編集部に戻ろうと思った。察したのか、国丘が手を振った。走り出したタクシーが夕闇の中へ消えていった。

＊　＊　＊

ホテルの部屋に戻ると、ＬＩＮＥの着信音が鳴った。海だ。薫はスマホをスワイプした。

『長崎行きの最終便のチケットが取れたので、これから帰ります』

今日はホテルに泊まることにしました、と薫は文字を打った。

『明日の朝、新幹線で仙台に戻ります』

『イル・ガインの予約を取りたいんですが、一番早いといつになりますか？』

仙台の『イル・ガイン』は予約が取れない店として知られている。二ヵ月待ちも珍しくないが、お待ちしていますと薫はＬＩＮＥを送った。

『必ず席をお取りします』

自分の料理を食べた海の感想が聞きたい。昨日会ったばかりなのに、誰よりも親しくなる予感があった。

『後で連絡します』

海からのＬＩＮＥに、お待ちしていますと返事を送り、薫はスマホを伏せた。

後書きと謝辞

三十代の半ば、私は編集者として料理人の方々にインタビューを繰り返していました。当時『料理の鉄人』というテレビ番組があり、それを書籍化する仕事をしていたためです。

和の鉄人道場六三郎、フレンチの鉄人坂井宏行、中華の鉄人陳建一各氏をはじめ、さまざまなジャンルの料理人と話す機会は貴重な体験でした。その後も料理と料理人への興味が尽きないまま、今に至っています。

二十一世紀に入り(実際にはバブルの終焉と共に)、日本の食は大きく変わりました。さらに激変したのはSNSが一般的になった二〇一〇年半ば以降で、その間に何があったのかを調べていくのは難しくもあり、楽しい作業でもありました。

門外漢の私が書くべき小説かどうか、迷いもありましたが、書き終えて思うのは、やはり料理と料理人は面白いということです。

本書執筆にあたり、多くの方にお話を伺いました。

フランス料理について下村浩司氏に、今日の料理の潮流などについては仲山今日子氏、勅使河原加奈子氏に、ポルトガル料理については、おそらく日本で最もポルトガル料理に詳しい専門家である馬田草織氏にご協力いただきました。また元『料理王国』編集部の浅井直子氏にも大変お世話になりました。皆様のご教示にここに深く感謝致します。

参考資料

『よくわかる日本料理用語事典』　遠藤十士夫監修　旭屋出版
『仏和・和仏料理フランス語辞典』　日仏料理協会編　白水社
『イタリア料理用語辞典』　町田亘・吉田政国編　白水社
『中国料理小辞典』　福冨奈津子　柴田書店
『和食の常識Q&A百科』　堀知佐子・成瀬宇平　丸善出版
『調理場という戦場』　斉須政雄　幻冬舎文庫
『天才シェフの絶対温度』　石川拓治　幻冬舎文庫
『東京最高のレストラン』（2018年〜2020年版）　ぴあ
『料理の科学』①②　ロバート・ウォルク　楽工社
『続・料理の科学』①②　ロバート・ウォルク　楽工社
『料理の科学大図鑑』　スチュアート・ファリモンド　河出書房新社
『フランス式おいしい調理科学の雑学　料理にまつわる700の楽しい質問』
アルテュール・ル・ケンヌ　パイインターナショナル
『おいしさを伝えるレシピの書き方Handbook』　レシピ校閲者の会　辰巳出版
『おいしいとはどういうことか』　中東久雄　幻冬舎新書

『昭和の洋食　平成のカフェ飯』　阿古真理　ちくま文庫
『ポルトガルのごはんとおつまみ』　馬田草織　大和書房
『ムイト・ボン！　ポルトガルを食べる旅』　馬田草織　産業編集センター
『ようこそポルトガル食堂へ』　馬田草織　幻冬舎文庫
『日本イタリア料理事始め』　土田美登世　小学館
『料理人のためのジビエガイド』　神谷英生　柴田書店
『技あり！ｄａｎｃｙｕ　スパイス』　プレジデントムック
『料理王国２０２０年８・９月合併号　日本のパスタ１００年史』
ＣＵＩＳＩＮＥ　ＫＩＮＧＤＯＭ
『月刊専門料理』　バックナンバー　柴田書店
『料理王国』　バックナンバー　ＣＵＩＳＩＮＥ　ＫＩＮＧＤＯＭ

本書は二〇二二年三月に小社より刊行されました。

|著者| 五十嵐貴久　1961年東京都生まれ。成蹊大学文学部卒業。扶桑社での勤務後、2001年『TVJ』で第18回サントリーミステリー大賞の優秀作品賞を、同年『リカ』で第2回ホラーサスペンス大賞を受賞し、翌年デビュー。同作は30万部を超えるベストセラーとなり、テレビドラマ化、映画化された。2007年『シャーロック・ホームズと賢者の石』で第30回日本シャーロック・ホームズ大賞受賞。主な作品に「リカ」シリーズ、「交渉人」シリーズ、「パパとムスメ」シリーズ、「年下の男の子」シリーズ、「星野警部」シリーズ、「吉祥寺探偵物語」シリーズなど。

コンクールシェフ！

五十嵐貴久（いがらしたかひさ）

講談社文庫

定価はカバーに
表示してあります

2024年6月14日第1刷発行

発行者――森田浩章
発行所――株式会社　講談社
東京都文京区音羽2-12-21　〒112-8001
電話　出版（03）5395-3510
　　　販売（03）5395-5817
　　　業務（03）5395-3615

Printed in Japan

デザイン―菊地信義
本文データ制作―講談社デジタル製作
印刷―――株式会社KPSプロダクツ
製本―――株式会社国宝社

ISBN978-4-06-535960-0

講談社文庫刊行の辞

二十一世紀の到来を目睫に望みながら、われわれはいま、人類史上かつて例を見ない巨大な転換期をむかえようとしている。

世界も、日本も、激動の予兆に対する期待とおののきを内に蔵して、未知の時代に歩み入ろうとしている。このときにあたり、創業の人野間清治の「ナショナル・エデュケイター」への志を現代に甦らせようと意図して、われわれはここに古今の文芸作品はいうまでもなく、ひろく人文・社会・自然の諸科学から東西の名著を網羅する、新しい綜合文庫の発刊を決意した。

激動の転換期はまた断絶の時代である。われわれは戦後二十五年間の出版文化のありかたへの深い反省をこめて、この断絶の時代にあえて人間的な持続を求めようとする。いたずらに浮薄な商業主義のあだ花を追い求めることなく、長期にわたって良書に生命をあたえようとつとめるところにしか、今後の出版文化の真の繁栄はあり得ないと信じるからである。

同時にわれわれはこの綜合文庫の刊行を通じて、人文・社会・自然の諸科学が、結局人間の学にほかならないことを立証しようと願っている。かつて知識とは、「汝自身を知る」ことにつきていた。現代社会の瑣末な情報の氾濫のなかから、力強い知識の源泉を掘り起し、技術文明のただなかに、生きた人間の姿を復活させること。それこそわれわれの切なる希求である。

われわれは権威に盲従せず、俗流に媚びることなく、渾然一体となって日本の「草の根」をかたちづくる若く新しい世代の人々に、心をこめてこの新しい綜合文庫をおくり届けたい。それは知識の泉であるとともに感受性のふるさとであり、もっとも有機的に組織され、社会に開かれた万人のための大学をめざしている。大方の支援と協力を衷心より切望してやまない。

一九七一年七月

野間省一

講談社文芸文庫

中上健次
異族
共同体に潜むうめきを路地の神話に書き続けた中上が新しい跳躍を目指しながら未完のまま封印された最期の長篇。出自の異なる屈強な異族たち、匂い立つサーガ。

解説=渡邊英理

なA9
978-4-06-535808-5

石川桂郎
妻の温泉
石田波郷門下の俳人にして、小説の師は横光利一。元理髪師でもある謎多き作家が、「巧みな嘘」を操り読者を翻弄する。直木賞候補にもなった知られざる傑作短篇集。

解説=富岡幸一郎

いAC1
978-4-06-535531-2

芥川龍之介　藪の中
有吉佐和子　新装版 和宮様御留
阿刀田　高　ナポレオン狂
阿刀田　高　新装版 ブラック・ジョーク大全
安房直子　春の窓〈安房直子ファンタジー〉
相沢忠洋　「岩宿」の発見〈幻の旧石器を求めて〉
赤川次郎　偶像崇拝殺人事件
赤川次郎　人間消失殺人事件
赤川次郎　三姉妹探偵団
赤川次郎　三姉妹探偵団2〈キャンパス篇〉
赤川次郎　三姉妹探偵団3〈珠美・初恋篇〉
赤川次郎　三姉妹探偵団4〈怪奇篇〉
赤川次郎　三姉妹探偵団5〈復讐篇〉
赤川次郎　三姉妹探偵団6〈危機一髪篇〉
赤川次郎　三姉妹探偵団7〈駈け落ち篇〉
赤川次郎　三姉妹探偵団8〈人質篇〉
赤川次郎　三姉妹探偵団9〈青ひげ篇〉
赤川次郎　三姉妹探偵団10〈父恋し篇〉
赤川次郎　死が小径をやってくる〈三姉妹探偵団11〉

赤川次郎　死神のお気に入り〈三姉妹探偵団12〉
赤川次郎　次女と野獣〈三姉妹探偵団13〉
赤川次郎　心地よい悪夢〈三姉妹探偵団14〉
赤川次郎　ふるえて眠れ、三姉妹〈三姉妹探偵団15〉
赤川次郎　三姉妹、呪いの道行〈三姉妹探偵団16〉
赤川次郎　三姉妹、初めてのおつかい〈三姉妹探偵団17〉
赤川次郎　恋の花咲く三姉妹〈三姉妹探偵団18〉
赤川次郎　月もおぼろに三姉妹〈三姉妹探偵団19〉
赤川次郎　三姉妹、ふしぎな旅日記〈三姉妹探偵団20〉
赤川次郎　三姉妹、清く貧しく美しく〈三姉妹探偵団21〉
赤川次郎　三姉妹と忘れじの面影〈三姉妹探偵団22〉
赤川次郎　三姉妹、舞踏会への招待〈三姉妹探偵団23〉
赤川次郎　三人姉妹殺人事件〈三姉妹探偵団24〉
赤川次郎　三姉妹、さびしい入江の歌〈三姉妹探偵団25〉
赤川次郎　三姉妹、恋と罪の峡谷〈三姉妹探偵団26〉
赤川次郎　静かな町の夕暮に
赤川次郎　キネマの天使〈レンズの奥の殺人者〉
新井素子　グリーン・レクイエム〈新装版〉
安能　務訳　封神演義 全三冊

安西水丸　東京美女散歩
綾辻行人　殺人方程式〈切断された死体の問題〉
綾辻行人　鳴風荘事件 殺人方程式II
綾辻行人　十角館の殺人〈新装改訂版〉
綾辻行人　水車館の殺人〈新装改訂版〉
綾辻行人　迷路館の殺人〈新装改訂版〉
綾辻行人　人形館の殺人〈新装改訂版〉
綾辻行人　時計館の殺人〈新装改訂版〉
綾辻行人　黒猫館の殺人〈新装改訂版〉
綾辻行人　暗黒館の殺人 全四冊
綾辻行人　びっくり館の殺人
綾辻行人　奇面館の殺人(上)(下)
綾辻行人　どんどん橋、落ちた〈新装改訂版〉
綾辻行人　緋色の囁き〈新装改訂版〉
綾辻行人　暗闇の囁き〈新装改訂版〉
綾辻行人　黄昏の囁き〈新装改訂版〉
綾辻行人　人間じゃない〈完全版〉
綾辻行人ほか　7人の名探偵
我孫子武丸　探偵映画

あさのあつこ　NO.6〔ナンバーシックス〕#5
あさのあつこ　NO.6〔ナンバーシックス〕#6
あさのあつこ　NO.6〔ナンバーシックス〕#7
あさのあつこ　NO.6〔ナンバーシックス〕#8
あさのあつこ　NO.6〔ナンバーシックス〕#9
あさのあつこ　NO.6beyond〔ナンバーシックス・ビヨンド〕
あさのあつこ　待ってる〈橘屋草子〉
あさのあつこ　さいとう市立さいとう高校野球部(上)(下)
あさのあつこ　甲子園でエースしちゃいました〈さいとう市立さいとう高校野球部〉
あさのあつこ　おれが先輩？〈さいとう市立さいとう高校野球部〉
阿部夏丸　泣けない魚たち
朝倉かすみ　肝、焼ける
朝倉かすみ　好かれようとしない
朝倉かすみ　ともしびマーケット
朝倉かすみ　感応連鎖
朝倉かすみ　たそがれどきに見つけたもの
朝比奈あすか　憂鬱なハスビーン
朝比奈あすか　あの子が欲しい
天野作市　気高き昼寝
天野作市　みんなの旅行
青柳碧人　浜村渚の計算ノート
青柳碧人　浜村渚の計算ノート　2さつめ〈ふしぎの国の期末テスト〉
青柳碧人　浜村渚の計算ノート　3さつめ〈水色コンパスと恋する幾何学〉
青柳碧人　浜村渚の計算ノート　3と1/2さつめ〈ふえるま島の最終定理〉
青柳碧人　浜村渚の計算ノート　4さつめ〈方程式は歌声に乗って〉
青柳碧人　浜村渚の計算ノート　5さつめ〈鳴くよウグイス、平面上〉
青柳碧人　浜村渚の計算ノート　6さつめ〈パピルスよ、永遠に〉
青柳碧人　浜村渚の計算ノート　7さつめ〈悪魔とポタージュスープ〉
青柳碧人　浜村渚の計算ノート　8さつめ〈虚数じかけの夏みかん〉
青柳碧人　浜村渚の計算ノート　8と2分の1さつめ〈つるかめ家の一族〉
青柳碧人　浜村渚の計算ノート　9さつめ〈恋人たちの必勝法〉
青柳碧人　浜村渚の計算ノート　10さつめ〈ラ・ラ・ラ・ラマヌジャン〉
青柳碧人　霊視刑事夕雨子1〈誰かがそこにいる〉
青柳碧人　霊視刑事夕雨子2〈雨空の鎮魂歌〉
朝井まかて　花競べ〈向嶋なずな屋繁盛記〉
朝井まかて　ちゃんちゃら
朝井まかて　すかたん
朝井まかて　ぬけまいる
朝井まかて　恋歌
朝井まかて　阿蘭陀西鶴
朝井まかて　藪医　ふらここ堂
朝井まかて　福袋
朝井まかて　草々不一
歩りえこ　ブラを捨て旅に出よう〈貧乏乙女の"世界一周"旅行記〉
安藤祐介　営業零課接待班
安藤祐介　被取締役新入社員
安藤祐介　おい！山田〈大翔製菓広報宣伝部〉
安藤祐介　宝くじが当たったら
安藤祐介　一〇〇〇ヘクトパスカル
安藤祐介　テノヒラ幕府株式会社
安藤祐介　本のエンドロール
青木理　絞首刑
麻見和史　石の繭〈警視庁殺人分析班〉
麻見和史　蟻の階段〈警視庁殺人分析班〉
麻見和史　水晶の鼓動〈警視庁殺人分析班〉
麻見和史　虚空の糸〈警視庁殺人分析班〉
麻見和史　聖者の凶数〈警視庁殺人分析班〉

講談社文庫　目録

池波正太郎 新装版 梅安影法師〈仕掛人 藤枝梅安(六)〉
池波正太郎 新装版 梅安冬時雨〈仕掛人 藤枝梅安(七)〉
池波正太郎 新装版 忍びの女(上)(下)
池波正太郎 新装版 殺しの掟
池波正太郎 新装版 抜討ち半九郎
池波正太郎 新装版 娼婦の眼
池波正太郎 近藤勇白書(上)(下)〈レジェンド歴史時代小説〉
井上 靖 楊貴妃伝
石牟礼道子 新装版 苦海浄土〈わが水俣病〉
いわさきちひろ ちひろのことば
いわさきちひろ 松本 猛 いわさきちひろの絵と心
いわさきちひろ 絵本美術館編 ちひろ・子どもの情景〈文庫ギャラリー〉
いわさきちひろ 絵本美術館編 ちひろ・紫のメッセージ〈文庫ギャラリー〉
いわさきちひろ 絵本美術館編 ちひろの花ことば〈文庫ギャラリー〉
いわさきちひろ 絵本美術館編 ちひろのアンデルセン〈文庫ギャラリー〉
いわさきちひろ 絵本美術館編 ちひろ・平和への願い〈文庫ギャラリー〉
石野径一郎 新装版 ひめゆりの塔
今西錦司 生物の世界
井沢元彦 義経幻殺録

井沢元彦 光と影の武蔵〈切支丹秘録〉
井沢元彦 新装版 猿丸幻視行
伊集院 静 乳房
伊集院 静 遠い昨日
伊集院 静 夢は枯野を〈競輪躁鬱旅行〉
伊集院 静 野球で学んだこと ヒデキ君に教わったこと
伊集院 静 峠の声
伊集院 静 白秋
伊集院 静 潮流
伊集院 静 冬の蜻蛉
伊集院 静 オルゴール
伊集院 静 昨日スケッチ
伊集院 静 あづま橋
伊集院 静 ぼくのボールが君に届けば
伊集院 静 駅までの道をおしえて
伊集院 静 受け月〈野球小説アンソロジー〉
伊集院 静 坂の上のμ
伊集院 静 ねむりねこ
伊集院 静 新装版 三年坂

伊集院 静 お父やんとオジさん(上)(下)
伊集院 静 ノボさん(上)(下)〈小説 正岡子規と夏目漱石〉
伊集院 静 機関車先生〈新装版〉
伊集院 静 ミチクサ先生(上)(下)
伊集院 静 それでも前へ進む
いとうせいこう 我々の恋愛
いとうせいこう 「国境なき医師団」を見に行く
いとうせいこう 「国境なき医師団」をもっと見に行く〈ガザ、西岸地区、アンマン、南スーダン、日本〉
井上夢人 ダレカガナカニイル…
井上夢人 プラスティック
井上夢人 オルファクトグラム(上)(下)
井上夢人 もつれっぱなし
井上夢人 あわせ鏡に飛び込んで
井上夢人 魔法使いの弟子たち(上)(下)
井上夢人 ラバー・ソウル
池井戸 潤 果つる底なき
池井戸 潤 架空通貨
池井戸 潤 銀行狐
池井戸 潤 仇敵

講談社文庫　目録

池井戸　潤　空飛ぶタイヤ(上)(下)
池井戸　潤　鉄の骨
池井戸　潤　新装版 銀行総務特命
池井戸　潤　新装版 不祥事
池井戸　潤　ルーズヴェルト・ゲーム
池井戸　潤　半沢直樹1〈オレたちバブル入行組〉
池井戸　潤　半沢直樹2〈オレたち花のバブル組〉
池井戸　潤　半沢直樹3〈ロスジェネの逆襲〉
池井戸　潤　半沢直樹4〈銀翼のイカロス〉
池井戸　潤　半沢直樹 アルルカンと道化師
池井戸　潤　花咲舞が黙ってない〈新装増補版〉
池井戸　潤　ノーサイド・ゲーム
池井戸　潤　新装版 BT'63(上)(下)
石田衣良　LAST[ラスト]
石田衣良　東京DOLL
石田衣良　てのひらの迷路
石田衣良　40(フォーティ) 翼ふたたび
石田衣良　s e x
石田衣良　逆島(さかしま)断雄(たつお)〈進駐官養成高校の決闘編1〉
石田衣良　逆島断雄〈進駐官養成高校の決闘編2〉
石田衣良　逆島断雄〈本土最終防衛決戦編1〉
石田衣良　逆島断雄〈本土最終防衛決戦編2〉
石田衣良　初めて彼を買った日
井上荒野　ひどい感じ—父・井上光晴
稲葉　稔　椋鳥の影〈八丁堀手控え帖〉
いしいしんじ　プラネタリウムのふたご
いしいしんじ　げんじものがたり
伊坂幸太郎　チルドレン
伊坂幸太郎　サブマリン
伊坂幸太郎　魔王〈新装版〉
伊坂幸太郎　モダンタイムス(上)(下)〈新装版〉
伊坂幸太郎　PK〈新装版〉
絲山秋子　袋小路の男
絲山秋子　御社のチャラ男
石黒　耀　死都日本
石黒　耀　忠臣蔵異聞〈家老 大野九郎兵衛の長い仇討ち〉
犬飼六岐　筋違い半介
犬飼六岐　吉岡清三郎貸腕帳
石川大我　ボクの彼氏はどこにいる?
石松宏章　マジでガチなボランティア
伊東　潤　国を蹴った男
伊東　潤　峠越え
伊東　潤　黎明に起(た)つ
伊東　潤　池田屋乱刃
石飛幸三　「平穏死」のすすめ〈口から食べられなくなったらどうしますか〉
伊藤理佐　女のはしょり道
伊藤理佐　また! 女のはしょり道
伊藤理佐　みたび! 女のはしょり道
石黒正数　外(げ)天楼(てんろう)
伊与原　新　ルカの方舟(はこぶね)
伊与原　新　コンタミ 科学汚染
稲葉圭昭(よしあき)　恥さらし〈北海道警 悪徳刑事の告白〉
稲葉博一(ひろいち)　忍者烈伝
稲葉博一　忍者烈伝ノ続
稲葉博一　忍者烈伝ノ乱〈天之巻〉〈地之巻〉
伊岡　瞬　桜の花が散る前に
石川智健　エウレカの確率〈経済学捜査と殺人の効用〉

2024年3月15日現在